Martin Kubaczek

Die Knie meiner Mutter und mein Vater im Krieg

FolioVerlag
Wien | Bozen

Martin Kubaczek

Die Knie meiner Mutter und mein Vater im Krieg

Roman

TransferBibliothek CVII

Die Drucklegung erfolgte mit Unterstützung durch die Kulturabteilung der Stadt Wien.

Das Umschlagfoto stammt von Martin Kubaczek.

© Folio Verlag Wien • Bozen 2011
Alle Rechte vorbehalten

Graphische Gestaltung: Dall'O & Freunde
Druckvorbereitung: Typoplus, Frangart
Printed in Austria

ISBN 978-3-85256-557-6

www.folioverlag.com

I.

Fieber

Ich bin in meiner Jugend weit herumgekommen. Kreuz und quer, durch ganz Europa, sechs Jahre lang. Dank eines gewissen Herrn. Viele Länder habe ich so bereist, und alles gratis! Wirklich, es hat mich keinen Pfennig gekostet! Ich war allerdings nicht allein, und nicht überall, wo wir hingekommen sind, wurden wir freundlich empfangen. Gereist sind wir in Viehwaggons, und die Unterkünfte waren auch ziemlich verlaust. Aber das hat mir wenig ausgemacht. Die Frage war eher, ob wir je wieder nach Hause kommen.

Viele Länder und Städte hab ich so kennengelernt, von Sizilien bis Polen, von der Ostsee bis zum Mittelmeer, von Rom, Berlin und Dresden – aber da war nicht mehr viel übrig – fast bis nach Moskau, nach Kiew und weit hinunter nach Süden in den Kaukasus, dort gab es die Ölfelder von Baku, um die kämpfen sie noch heute. Für uns war dort leider Schluss. Da war ein Tal, eine liebliche Landschaft, da ist meine Kompanie fröhlich hineinmarschiert, der schwarze Terek rauscht herab, das Tal wird immer enger, eine zerklüftete Schlucht. Und als dann alle drinnen waren, da haben die vorne und hinten zugemacht. Die haben auf den Bergen still gewartet. Oben sind sie gestanden, auf den Höhenrücken, und dann ist die Hölle losgegangen. Sie haben mit zwei, drei Stalinorgeln so lange da hineingeschossen, bis nichts mehr ganz war; auch nicht der General, der sie da hineingeführt hat.

Warum ich überlebt habe? Weil ich krank gewesen bin! Ich hatte Fieber. Und das bei minus vierzig Grad. Ich war Beifahrer auf einem Lastwagen, auf dem wir die Kabel und die Trafos, die Verteiler für die Telefonleitungen hatten. Das Motoröl ist gefroren, der Getriebeblock ist geborsten. So kalt war es. Wir mussten den Wagen aufgeben. Sind zu Fuß weiter. Aber ich hatte hohes Fieber. So haben mich die anderen in einer Keusche liegen lassen. Was hätten sie sonst tun sollen? Mitschleppen konnten sie mich auch nicht mehr. Da draußen im Schneesturm minus dreißig, vierzig Grad, in mir vierzig Grad plus. Macht einen Temperaturunterschied von achtzig Grad. Als Isolationsschicht einen langen Mantel über der Uniform, mit einem Mantel und einem Paar Filzstiefeln, so hat man uns in den russischen Winter geschickt.

An viel kann ich mich nicht mehr erinnern. In dieser Nacht war ich nicht mehr bei Bewusstsein. Ich weiß nur noch, wie ich wieder zu mir gekommen bin. Eine alte Frau hat mich gepflegt. Sie hat mir Wein zu trinken gegeben, tiefroten, fast schwarzen Wein. Und sie hat mich gefüttert mit weißem Käse, Frischkäse, offenbar aus Stutenmilch. Der Wein war wie Medizin. Und der Käse war das Eiweiß, das der Körper gebraucht hat. Am nächsten Tag war ich vollkommen fieberfrei.

Ich weiß nicht, was das für ein Fieber gewesen ist. Vielleicht ein Rückfall, ich hatte mir zuvor eine Art Sumpffieber eingefangen. Am nächsten Tag bin ich aufgewacht, langsam zu mir gekommen. Als Erstes, als ich wieder bei Bewusstsein war, habe ich die Frau gefragt: Warum habt ihr mich nicht umgebracht? Warum habt ihr mich nicht erschlagen? Normalerweise hat man so etwas nicht überlebt. Wenn man allein zurückgelassen wurde. Da sind die Leute vom Dorf gekommen und haben dich umgebracht. Ein deutscher Soldat, der allein zurückgelassen wurde, den haben sie erschlagen. In dieser Phase vom Krieg.

Sie ist aufgestanden und nach hinten in den Raum gegangen. Im Halbdunkel war da eine Kommode an der Wand. Sie hat etwas geholt und ist damit zurückgekommen. Sie hat mir ein Foto vor das Gesicht gehalten. Ein Foto in einem Rahmen. Das Porträt von einem jungen blonden Mann in grauer Uniform. Die Feldmütze mit dem roten Stern. Das ist mein Sohn, hat sie gesagt. *Krasnaja armija*, so viel Russisch hab ich verstanden: Er kämpft in der Roten Armee. Und er sieht aus wie du.

Sie hat das Foto vor mein Gesicht gehalten. Und ich muss sagen, es hat gestimmt. Die gleichen Haare, der blonde Schopf. Die breite Stirn, die Schädelform, die knollige Nase, die schrägen Brauen, der hohe Ansatz der Backenknochen. Die haben mich gerettet. Diese hohen Backenknochen.

Sie hatte sonst nichts, nur diesen Wein, den Käse und die Stutenmilch. Eine Art Topfen. Ganz frisch noch. Nicht Ziege, sondern Stutenmilch. Sie hat mir erklärt: *kabyla*. Das habe ich nicht verstanden. Darauf hat sie gesagt: *laschad*, und eine Pantomime gemacht für Reiten. Da hab ich verstanden, *laschad* ist Pferd und *kabyla* muss demnach Stute sein; nicht Milch. Milch hätte es ja auch heißen können. Aber Milch wusste ich, Milch heißt *moloka*.

Warum hätte ich nicht Russisch können sollen! Wir haben ja mit der Bevölkerung zu tun gehabt! Die waren nicht alle den Deutschen feindlich gesonnen. Zumindest am Anfang nicht. Später schon. Aber am Anfang haben viele gedacht, dass wir als Befreier kommen. Da sahen sie uns noch als die Befreier vom Kommunismus. In Weißrussland, in der Ukraine, da wollten viele den Kommunismus nicht. Die wurden von Russland unterdrückt. Grausam, zum Teil.

Aber die Russen haben noch im Krieg Deutsch unterrichtet. Während in Deutschland jede Fremdsprache verachtet war. Die Russen haben die deutsche Kultur immer verehrt. Nicht so wie die Deutschen, die die Russen immer als Barbaren hingestellt haben. Selbst im Krieg, als sie angegriffen wurden, haben die Russen weiter Deutsch gelernt, die Sprache des Feindes. Und während Leningrad im Winter 1941/42 völlig isoliert war und ausgehungert wurde und die Menschen zu Tausenden erfroren sind, hat Oistrach in einem ungeheizten Saal ein Konzert gespielt, auf der Geige. Und dann kam der Fliegeralarm. Ein Angriff, die Sirenen heulten. Die Leute sind gestanden, zwei-, dreitausend Menschen, in ihren Mänteln und Pelzhauben, dicht gedrängt, in einer ungeheizten Halle. Mitten im Bombardement. Die Deutschen haben bombardiert, und Oistrach hat gespielt, auf seiner Violine: Johann Sebastian Bach. Niemand hat die Halle verlassen, keiner ist gegangen. Draußen sind die Bomben gefallen, und er hat nicht aufgehört zu spielen.

Dieser Wein war tiefrot. Fast schwarz. Solchen Wein habe ich nie wieder gesehen. Ich habe überall gesucht, in Geschäften hier, überall. Aber dann in Moskau, Jahrzehnte später, auf einem Kongress über Halbleiter und Monokristalle, geh ich mit Kathi am Abend noch ins Hotelrestaurant, wir fahren mit dem Lift hinauf ins Dachgeschoss, Blick über Moskau, und da servieren die uns einen tiefroten Wein. Und da hab ich gesagt: Das ist er! Das ist genau dieser Wein, den ich damals bekommen hab!

Als ich die Kellnerin gefragt habe, woher dieser Wein kommt, wie er heißt, ist sie sehr nervös geworden und niemand ist mehr an unseren Tisch gekommen. Vielleicht haben sie den für die Gäste bestimmten teuren Wein verschwinden lassen, haben wir spekuliert, und uns stattdessen ihren eigenen, billigen serviert? Für mich war das ein Glück. Wie ein Geschenk für mich.

Kabeltrommeln

Und die andere Geschichte? Das war in Italien. In der Poebene. Wir waren in einem kleinen Städtchen, und wir haben schon gemerkt, da ist seltsam viel los. Für Kriegszeiten. So ein Kommen und Gehen. Und es ist doch ein bisschen ungewöhnlich, wenn vor einem Friseurladen ein mit Planen abgedeckter Lastwagen hält, und dann werden da Kisten ausgeladen. Kisten mit jungem Kraut und Salathäuptern obenauf. Das haben sie zu zweit geschleppt, vom Lastwagen in den winzigen Friseurladen hinein, und durch den Laden durch in einen Raum nach hinten. Einen ganzen Lastwagen voll Kraut und Salat. Wir haben natürlich nicht geschaut, was sie in den Kisten wirklich hatten, aber für Salat hat es ziemlich schwer ausgesehen.

Der Jupp und ich, wir waren zu zweit mit unserem Lastwagen unterwegs. Eigentlich hatten wir dort nichts zu suchen, wir haben keinen Auftrag gehabt in dieser Stadt. Überhaupt keinen. Null. Warum wir dann da herumgesessen sind? Gute Frage. Sagen wir mal so: Wir hatten es nicht eilig.

Wir sollten Kabeltrommeln holen. Die großen runden Trommeln aus sägerauem Holz, zum Aufrollen der Kabel, die wir unten im Süden bei Neapel verlegt hatten, aber wir hatten es nicht eilig. Wir haben die kleinen Straßen genommen, Umwege über die Berge, und haben es uns gut gehen lassen.

Wir waren auf dem Rückzug. Die Alliierten rückten vom Süden her langsam nach. Die Kabel wollte man nicht dem

Feind überlassen. Kilometer von Telefonleitungen! Also wurden wir losgeschickt, dass wir die Kabeltrommeln holen. Aus der Poebene. Die lagen da irgendwo. Das wussten die Deutschen. Die Bürokratie hat noch funktioniert. Und damit unsere Telefonleitungskabel nicht verloren gehen auf dem Rückzug, haben sie uns losgeschickt. Den Jupp und mich. Da waren wir halt ein paar Wochen unterwegs.

Wir haben uns die Landschaft angesehen. Die Fresken in Arezzo, Florenz und Rom, Siena und Volterra. Die kleinen mittelalterlichen Dörfer. Was so am Weg lag. Nur nicht die Küste entlang, die wurde von Kriegsschiffen aus beschossen. Tagsüber, auf den Straßen in den Tälern, mussten wir den Tiefliegerangriffen ausweichen. So sind wir nachts gefahren, ohne Licht, oder auf Nebenstraßen durch die Berge, weit oben, tief im Landesinneren. Das war schön! Da haben wir uns nicht beeilt.

Nur einmal, auf dem Weg durch die Abruzzen, eine wilde Gegend, sind wir zur Partisanensuche abkommandiert worden. Zehn Leute, unter meiner Führung. Völliger Wahnsinn. Eine Schnapsidee. Rundum nur Berge. Schluchten. Kleine Dörfer. Alles von Partisanen kontrolliert. Und wir zehn sollten da hineinmarschieren, nach Partisanen suchen. Befehl vom Vorgesetzten. Klar, dass die uns alle einfach abknallen. Der blanke Wahnsinn. Was willst du tun? Einem Befehl dich widersetzen? Damit wärst du nicht weit gekommen: Kriegsgericht, Ostfront, verheizt in einer Strafeinheit. Also hab ich gesagt: Jawohl, Herr Kommandant!

Das war bei L'Aquila. Hundert Kilometer nordöstlich von Rom. Herrliche Landschaft. Aber sehr, sehr arm. Hohe Berge, heiß und karg. Einsam. Das war schon immer eine räuberische Gegend. Nur noch Esel und Schafe, was anderes kann sich von den Disteln und dem dünnen harten Gras nicht mehr ernähren. Wölfe und Bären gibt es dort noch heute. Da oben, beim

Gran Sasso, auf dem Campo Imperatore, hatten die Partisanen den Duce versteckt. Die Partisanen glaubten ihn da sicher, weit entfernt. In einer spektakulären Aktion wurde er von einem deutschen Kommando entführt. Sie sind in der Nacht mit zwei Gleitflugzeugen auf der Hochebene in der Nähe gelandet. Nur eine kleine Gruppe, vielleicht zwanzig, dreißig Mann. Bei der Landung sind die zwei Materialsegler zu Bruch gegangen, aber damit hatten sie gerechnet, und es wurde, soviel ich weiß, auch niemand verletzt. Es gibt da relativ ebene Hochflächen auf dem Campo Imperatore, und sie haben mitten in der Nacht das Haus umstellt. Die Partisanen waren so überrascht, dass sie Mussolini kampflos herausgegeben haben. In einem von den Materialseglern hatten die Deutschen die Teile für einen zweisitzigen Motorflieger. Den haben sie zusammengebaut, auf einer steilen Flanke haben sie eine Startbahn errichtet, eine Art Rampe, über die ist dann der Pilot mit dem Mussolini hinunter. So hat er ihn hinausgeflogen, weil durch die Berge wären sie nicht lebendig hinausgekommen. Das war alles Partisanengebiet.

Und da hat der Kommandant uns hineingeschickt. Völliger Wahnsinn. Aber es gab solche Befehlshaber. Was kannst du tun? Ich habe zu meinen Leuten gesagt: Ich gehe allein voraus. Ihr folgt mir auf Sicht. Mit hundert Meter Abstand. Und macht ja nichts. Ja keinen Unsinn! Wenn ihr das überleben wollt. Das Gewehr bleibt am Rücken. Nur brav mir nachgehen. So bin ich allein voran, die anderen deutlich hinter mir, so sind wir in die Dörfer und ich habe laut gerufen: Achtung, Achtung! Gibt es hier Partisanen? Achtung! Achtung! So habe ich aufmerksam gemacht auf mich, ich habe laut geschrien und gewunken, damit mich jeder hören kann und Zeit hat, nach hinten durch die Fenster hinauszusteigen und zu verschwinden in die Berge. Dann bin ich von Tür zu Tür, habe angeklopft und höflich gefragt: Hier verstecken sich keine Partisanen, nicht? Dabei hab ich ein wenig so gedeutet. Die haben das verstanden. Partisanen? Ach … Wir haben uns verstanden. Alles andere wäre Selbstmord gewesen.

Und damals hab ich noch etwas gelernt, das ich nie vergessen werde: Einer hat uns hereingebeten, damit wir uns setzen können und ein wenig rasten. Er hat ein Glas Wein eingeschenkt und dann hat er das Glas so vor mich hingestellt. Schau, hat er gesagt, ein Achtel Wein. So viel. Das ist, was uns der Staat zum Leben lässt: ein Achtel von meinem eigenen Wein, alles andere muss ich abliefern. Und ein Stück Brot pro Tag. Davon soll ich leben! Wie soll ich meine Kinder ernähren? Was haben wir für eine Wahl? Wenn der Krieg vorbei ist, sind wir alle Kommunisten. Das hat er uns ganz offen gesagt.

Am Po angekommen, wo die Kabeltrommeln lagerten, sind wir in diesem Städtchen dann geblieben. Wir wussten, dass die Alliierten auf dem Vormarsch waren. Wozu noch einmal in den Süden hinunter. So dumm waren wir auch nicht. Das war uns zu heiß. Da bleiben wir gleich da, haben wir uns gedacht, und warten auf den Rest. Die kommen uns sowieso bald nach. Das dauert nicht mehr lang. Das wussten wir.

Was wir da getrieben haben? Unterhalten haben wir uns halt. Uns war nie langweilig. Der Jupp hat Mundharmonika gespielt und ich habe gemalt. Ich hab die Volksschullehrerin porträtiert. So ernst und schön ist sie dort gesessen. Sie hat kein Wort mit mir geredet, während ich gezeichnet habe. Ich habe natürlich mehrmals versucht, mit ihr in ein Gespräch zu kommen. Aber sie ist nur ruhig dort gesessen. Viel später habe ich erfahren, das war die Chefin für den Nachschub und für die Organisation der gesamten Region. Der oberste Chef der Partisanen in dieser Region, das ist diese Frau hier auf dem Bild. Sie hat sich von mir malen lassen, aber sie hat mit mir kein Wort gesprochen.

Die alte Frau auf dieser Zeichnung, die hab ich in der Kirche gesehen. Ich bin in die Kirche gegangen. Ja! Am Sonntag! Mit dem ganzen Dorf. Oder Ort. So ein kleines Städtchen in etwa. Was man bei uns Marktgemeinde nennt. Ich hab mich da einfach in die Bank gesetzt. Mit meinem Karabiner. Den musste ich ja mitnehmen. Den konnte ich nicht im Lastwagen zurücklassen. Also bin ich da hin und hab mich dazugesetzt. Mit meinem Karabiner zwischen den Knien bin ich gesessen, ein deutscher Soldat in Uniform, ich habe mitgesungen und gebetet. Ein großer, blonder Hirtenhund lag im Mittelgang, und eine junge Frau hat während der Wandlung ihr Kind gestillt. Das war Frieden.

Da waren auch Partisanen in der Kirche. Die haben mich gesehen. Wenn mich die Deutschen gesehen hätten, oder wenn mich wer verpfiffen hätte, wäre ich vors Kriegsgericht gekommen. Verbrüderung mit dem Feind. Und Kirche war sowieso geächtet und verboten. Aber das war mir egal. Da war nur die Dorfbevölkerung. Außer dem Jupp und mir.

Da, in der Kirche, hab ich auch dieses Mädchen gesehen. Die war so schön. Da hab ich gefragt, ob ich sie malen darf. Ganz still ist sie gesessen. Aber das Bild wollte sie dann haben. So habe ich mir diese Kopie gemalt. Auf mein Bild hat sie hinten draufgeschrieben, du kannst es lesen: Wenn der Krieg vorbei ist. Ich warte auf dich. Nun, ich weiß nicht, ob sie gewartet hat.

Ich hab damals den halben Ort porträtiert. Das ist der Hüter-Bub, der mit dem Strohhalm, oder Grashalm, was er da kaut. Mit seinem verbeulten Hut, den hat er immer auf dem Kopf getragen. Schau, diese Augen! Und der, den haben sie Churchill genannt: weil er immer diese Pelzkappe aufhatte und eine Zigarre im Mund. Eine Pelzkappe, mitten im Sommer! Das waren Persönlichkeiten. Uns ist es dort wirklich gut gegangen.

Bis eines Tages der Zahnarzt vom Ort zu uns gekommen ist. Ihr habt doch so gerne Musik, hat er zu uns gesagt. Ich habe eine große Plattensammlung, viele Opernaufnahmen, wollt ihr nicht am Abend zu mir kommen, wir hören uns zusammen ein paar Platten an und trinken und essen was, ihr seid sicher hungrig, oder? Der hat uns eingeladen. Jupp, habe ich gesagt, das stinkt. Und Jupp hat dasselbe gedacht. Das hat verdammt wie eine Falle ausgesehen. Aber das Essen konnten wir uns auch nicht entgehen lassen!

Als es Zeit war, am Abend, haben wir uns fertig gemacht. Wir hatten beide da so eine Beule in der Hosentasche. Das hat man schon gesehen. Das war auch ein Signal. Da hatten wir was eingesteckt, sicherheitshalber. Jeder eine Handgranate. Im Notfall hätten wir sie abgezogen und raus durchs Fenster. Da waren wir schnell.

So sind wir dorthin. Es war schon relativ spät, so nach neun, du weißt, die Italiener essen am Abend spät, und wirklich, da war aufgetischt, das war ein Wunder, das vergesse ich nie. In dieser Zeit, als es fast nichts gegeben hat, stand dieses köstliche Essen auf dem Tisch. Vielleicht war es gar nicht so viel, nicht so wie heute, aber für uns war das unermesslich: Brot und Käse, Oliven und Wein, getrocknete Tomaten, Nüsse, Speck, ich weiß nicht mehr. Wir haben uns jedenfalls die Bäuche vollgeschlagen, und der Zahnarzt hat uns wunderbaren Wein eingeschenkt und eingeschenkt und eine Platte nach der anderen aufgelegt, und wir haben gegessen, getrunken, gelacht und laut gesungen.

Punkt Mitternacht ist er mit einem Mal vollkommen ruhig geworden. Er ist aufgestanden, ist zum Grammofon gegangen und hat mitten in einer Caruso-Arie den Tonarm weggehoben und das Grammofon abgestellt. Dann hat er sich umgedreht, ist da vor uns gestanden, hat uns ruhig gemustert und hat dann nur gesagt, ganz nüchtern: Wir haben euch beobachtet. Normalerweise hätten wir euch umgelegt. Aber ihr seid okay. Ihr seid nicht dumm und ihr werdet also schon gesehen haben, was hier vor sich geht. Das hier ist das zentrale Nachschublager der Partisanen für die gesamte Poebene. Wir arbeiten längst mit den Amerikanern zusammen. Die Amerikaner sind spätestens in zwei Wochen hier. Ich sage euch jetzt etwas, und ihr werdet genau das tun, was ich euch sage: Verschwindet. Schaut, dass ihr weiterkommt. Und zwar sofort. Jetzt. Und kein Sterbenswörtchen zu irgendjemand. Nicht ein Wort. Wenn ihr auch nur ein Wort verratet: Wir erfahren das. Unsere Leute sind überall. Und unser Arm reicht weit.

Weg waren wir! So schnell kannst du gar nicht schauen. Wir sind in unseren Lastwagen gesprungen, und nichts wie weg. Egal wohin. Die ganze Nacht durch und den nächsten Tag. Bis nach Bologna. Wir haben uns bei deutschen Truppenteilen gemeldet und erklärt, wir wären versprengt. Wie wir das erklärt haben? Mein Gott, ein bisschen Fantasie musst du schon haben! Die Straßen waren schmal und gewunden, voller Sand, zerbombte Brücken, wir mussten den Partisanen ausweichen, um deutsches Armeeeigentum nicht in feindliche Hände fallen zu lassen, also unseren Lastwagen, und so weiter. Dann hieß es, wir sollten dableiben und warten auf unsere Einheit, die war, wie wir vermutet hatten, längst im Anmarsch. Kein Mensch hat uns je nach Kabeltrommeln gefragt.

Aber das Spannendste ist: Ich habe nach dem Krieg, also später, in den Sechzigerjahren, mir immer wieder eine Karte hergenommen von der Gegend. Genaue Karten, die genauesten, die ich bekommen habe. Und ich hab gesucht. Ich weiß ja, wo das ungefähr war. Das Städtchen mit dem Friseurladen und der Partisanenführerin und dem Zahnarzt. Ich wollte unbedingt nochmal dorthin fahren. Ich wollte diese Leute wiedersehen, die ich bewundert habe.

Und glaubst du, ich hätte das gefunden? Ein Städtchen am Po. Aber ich kann mich an den Namen nicht erinnern. Ich hab jeden Namen im Umkreis von hundert Kilometern auf der Karte entziffert. Nichts. Keine Spur, keine Reaktion. Das ist wie ausradiert. Kein Name weckt in mir ein Gefühl oder eine Erinnerung.

Ich kann mir das nicht anders erklären als so: Wir haben gewusst, wenn wir etwas verraten, dann sind wir weg. Das hat schon gestimmt, das mit dem langen Arm. Es gab solche Fälle. Und da gibt es offenbar etwas im Gehirn, das etwas auslöscht. Oder zugedeckt hat in mir. Du kannst machen mit mir, was du willst, du kannst mich auf den Kopf stellen: aber der Name von diesem Ort ist weg. Wie ausgelöscht in mir.

Himmel über Dubno

I AK. Das ist das 51. Armeekorps. Straßenszenen, Skizzen aus Agram. Da wurde die deutsche Armee freundlich, ja freudig empfangen. Wirklich, die Leute waren nicht unfreundlich oder feindselig. Da denkst du dann auch nicht viel, wenn du fast wie ein Gast empfangen wirst. Zumindest haben wir uns nicht viel gedacht.

Im Juni '41 hat dieses Armeekorps ein Vorauskommando über Wien nach Osten geschickt. Offiziell hieß es, um den Durchzug der Armee durch die Sowjetunion und den Kaukasus nach Mesopotamien vorzubereiten. Wir waren ganz vergnügt, fuhren in den offenen Viehwaggons ohne Halt durch Wien, einmal, nach der Überquerung der Donaubrücke, ist es mir bei einem Signalhalt gelungen, einem Mädchen einen Zettel zuzuwerfen mit der Bitte, ihn meiner Mutter zuzustellen, und wirklich, meine Mutter hat diese Nachricht erhalten, in der ich ihr nur schrieb, es ginge gegen Osten.

Wir ahnten nichts, wir waren ja mit der Sowjetunion durch einen Pakt befreundet. Russland belieferte Deutschland noch mit Rohstoffen für die Rüstungsindustrie. Das war alles schwer zu verstehen. An dem Tag, als wir durch Wien gefahren sind – es war der 21. Juni –, wurde der Nichtangriffspakt aufgekündigt. Am nächsten Tag begann der Einmarsch der 6. Armee.

Ich war einem Telefonzug zugeteilt. Unser „Vorausfahrzeug" war ein MAN-Diesel, ein Dreiachser. Ich habe nachts am Vermittlungspult gearbeitet, tagsüber hatte ich dann frei. Da habe ich ein paar Stunden geschlafen, das hat mir genügt. Ich bin herumspaziert und hab gezeichnet. Was hätte mir passieren sollen, die Front war kilometerweit entfernt. Wir sind immer nur nachgerückt und haben Leitungen aufgebaut und wieder abgebaut, Kabel gelegt und Anschlüsse gemacht, Verbindungen hergestellt.

Das Rote am Himmel? Das ist kein Sonnenuntergang. Da war eine riesige Panzerschlacht, völliges Chaos, Tausende Tote und Gefangene. Das ist der Blick Richtung Dubno. Das Schwarze da im Vordergrund ist ein zerschossener Baum. Der streckt seine Zweige in den Himmel. Die Bäume hier waren alle auf einer bestimmten Höhe abgeschossen. Nur noch Strünke, einzelne Äste sind stehen geblieben. Diese Figuren? Zerstörte Fahrzeuge. Ausgebrannte Panzer, Kettenfahrzeuge.

In einem großen Bogen sind wir Richtung Pirjalin. Einsame Dörfer, kaum Widerstand, alles war bei Kiew gebunden. Vor einem Dorf liefen uns mehrere Kinder entgegen, winkten mit kleinen Fähnchen und riefen uns auf Deutsch zu: Servus Pan! Servus Pan! Hinter ihnen ist ein alter Mann gekommen, das war der Dorfschullehrer. Wir wurden eingeladen in sein Haus, eine kleine Keusche mit Strohdach, der Lehmboden wurde ausgespritzt, die Frau hat das Wasser in den Mund genommen, es aus dem Mund über den Boden gesprüht, damit es nicht staubt, wenn sie die Erde kehrt. Brot und Salz haben sie uns gereicht, mehr hatten sie nicht.

Das hier ist der alte Luschanski, der Hausvater. Er wurde im Ersten Weltkrieg in Kriegsgefangenschaft zu Bauern nach Salzburg verschickt. Die haben ihn gut aufgenommen, sodass er voll dankbarer Erinnerung war. Unter der Ikone in seiner Hütte hing in einem Rahmen eine Fotografie, ein Gruppenbild: Russisches Kriegsgefangenenlager Grödig am Untersberg 1916.

Woher aber wusste er, dass wir Österreicher sind? Das war uns unheimlich. Woher er diese Information hatte, haben wir gefragt, aber er hat nur gelächelt, andere hätten ihm das gesagt. Wir sind als Erste in dieses Gebiet gekommen, es ist noch niemand vor uns dort gewesen, wie konnten die Leute dann wissen, dass hier ein Trupp mit Österreichern kommt? Und den Kindern erklären: Lauft hin und ruft Servus! Dann tun sie uns nichts!

Das Chaos hat zugenommen, je weiter östlich wir kamen. Die Stadt war völlig zerstört. In einer Grundschule haben wir Übungshefte in deutscher Sprache gefunden. Ein Satz ist mir in Erinnerung geblieben, weil er mich so verblüfft hat: Die SA ist eine faschistische Terrororganisation. Ich war erstaunt, verstand nicht. Wir haben das für russische Propaganda gehalten. Aber es gab da bereits den sogenannten Kommissarsbefehl: Gefangene russische Armeekommissare waren nach Verhören zu erschießen.

Hier, eine Frau, wie sie in der Hütte das Getreide mahlt, am Tisch. Eine Handmühle, zwei konische Trichter, in denen sie das Mahlgut zerreibt, darunter der runde Stein mit dem Rand zum Auffangen vom Mehl. Das Kind da guckt über die Tischkante, schaut der Mutter zu. Einmal ist es mir gelungen, von der Feldküche einen Sack Kleie und Getreiderückstände zu beschaffen. Abfall. Die Frau zerreibt sie hier. Sie hat dann so suppenähnliche Speisen damit zubereitet. Sehr geschickt im Organisieren war ich leider nie.

Schober und Landauer beim Skat, 1.4.42. Alois Knauer und Josef Ladig. Ich hab sie immer unterschreiben lassen unter ihren Porträts. So hatte ich ihre Namen. Ein schlafender Kraftfahrer. Kein Name. Robert Seidl, das ist der am Schaltpult mit dem Telefon. Meine vier Kollegen von der Vermittlung im Unterstand. Der da so grinst und ihnen über die Schulter schaut, das bin ich. Ich hab mich zufällig im Spiegel gegenüber gesehen. Drum hab ich mich dazugemalt. Dabei war ich da stockbesoffen. Das weiß ich noch. Sieht man aber nicht. Schaue auch gar nicht danach aus.

Fliegenschiss am Fensterglas. Das Wachzimmer. Ein gemütlicher Abend im Mannschaftsraum. Ein Harmonium zur Andacht. Eine Feldpostkarte für meine Mutter. Die Karten habe ich oft nur bemalt und dann heimgeschickt. Wegen der Zensur. Statt einer Ansichtskarte. Das Gedicht darauf ist nicht von mir, das hat ein anderer gereimt. Da steht der Name: Machart. Der muss das wohl gedichtet haben. 16.4.42. Und da ist noch ein Datum: 10.10.42. Da ist er offenbar gefallen. Ist ja ein kleines Kreuzzeichen dabei.

Eine Tante hat mir damals ein Päckchen geschickt, da war ein Glas mit Gänseschmalz dabei. Von ihr selbst ausgelassenes Gänseschmalz mit Gänseleberstücken. Das habe ich in einem Sitz aufgegessen. Ohne Brot. Brot gab es keines. Am nächsten Tag war ich vollkommen gelb. Blitzartig Gelbsucht. Ich wurde sofort nach Charkow ins Lazarett geschickt. Es gibt ja ansteckende Formen von Gelbsucht, da hat man nicht lange gezögert oder gewartet, ob das wieder abklingt. Ich wurde also zur Beobachtung ins Lazarett von Malinovka verlegt. Das war ganz nahe an der Front, im Osten von Charkow. Ich bin Richtung Feind auf Erholung geschickt worden; auch eine Logik des Kriegs.

Die Stube im Lazarett mit dem grünen Wasserkrug in der Mitte auf dem Tisch. In der roten Schachtel, das ist ein Mensch-ärgere-dich-nicht-Spiel. Hier ist der Blick aus dem Fenster: der Hof vom Lazarettgebäude, Richtung Süden, die Pappeln und der Blick auf den Kanal, der die Stadt durchzieht. Eine Steinbrücke. Ein Kloster. Diese hohen grauen Blöcke im Hintergrund? Das sind Hochhäuser! Wohnbauten! Siedlungen aus mehrstöckigen grauen Betonklötzen. Auch die gab es damals schon in der Sowjetunion!

Und dieser Mann ist hier am Ufer gesessen und hat gezeichnet. Ich hab mich oberhalb von ihm auf den Damm ins Gras gesetzt und ihn gemalt, wie er da malt. Als er fertig war und aufgestanden ist, um heimzugehen, hat er mich gesehen und ist zu mir heraufgekommen. Er hat gesehen, dass mir die Farben ausgegangen sind, so hat er mir seine Pastellkreiden geschenkt. Er war der Bühnenmaler an der Oper in Charkow. So bin ich plötzlich mit Freikarten in der Oper gesessen und hab diese Aufführungen gesehen, Don Giovanni in ukrainischer Sprache! Ballett und Oper, mitten im Krieg und in der Hungersnot.

Ein Bekannter von mir aus dem Lazarett, ein Schwabe, den hab ich mitgenommen, der hat sich in die Tochter des Bühnenmalers verliebt und wollte sofort heiraten. Die Hochzeit war wenig später, zuerst in einer Kirche, mit weißem Brautkleid und Blumensträußchen, mein Freund in Uniform. Und nachher gab es ein Fest. Da war ein Tisch mit winzigen Zuckerbäckereien in Rosa, Blau, Grün, Gelb und Weiß, Sterne und Ringe in allen Farben, alles aus Zuckerguss, gefärbter Zucker. Das war so bunt, der ganze Tisch war voll davon. Es ist mir ein Rätsel geblieben, woher die Familie all den Zucker auftreiben konnte. Zu dieser Zeit.

In der Ukraine hatte es schon zuvor eine furchtbare Hungerkatastrophe gegeben. Wer sich nicht eingliedern wollte ins sowjetische System, der wurde in den Hungertod getrieben. Dass wir sie ebenso ausplündern und ausrauben, haben sie erst später gesehen. Viele dort wollten den Kommunismus nicht. Auch Truppen haben sich den Deutschen angeschlossen. Der Angriff auf Stalingrad war an den Flanken vor allem durch solche Truppen abgesichert. Rumänische und bulgarische Einheiten, zum Teil noch in den bunten Uniformen aus der Monarchie, die

Offiziere der Rumänen trugen Säbel, die der Bulgaren eine Peitsche. Einer von ihnen hat einmal einem deutschen Offizier, der ihn beleidigt hatte, mit der Peitsche ins Gesicht geschlagen. Der hat seine Pistole gezogen und ihn sofort erschossen. Hätte er das bei einem deutschen Offizier gemacht, wäre er am nächsten Tag vor dem Erschießungspeloton gestanden. So hat er Sonderbewährung bekommen: Fronteinheit. Da ist er vielleicht auch schnell gefallen.

Mir war klar, dass es jeden Moment vorbei sein kann. Ich war darüber nicht einmal traurig. Ich war nur froh, dass ich keine Familie hatte. Ich hatte kaum Verwandtschaft. Aber andere, die hatten Frau und Kinder. Für die ist es furchtbar gewesen. Einmal, nach einem Genesungsaufenthalt daheim, musste ich mit einem Urlaubertransport wieder zurück an die Front. Zwei, drei Tage hat die Fahrt nach Osten gedauert. Ich habe zuerst nicht verstanden, warum spricht denn hier keiner? Alle sind nur mit gesenkten Köpfen am Boden im Viehwaggon gesessen. Mit dem Rücken zur Wand. Keiner hat reagiert, wenn ich was gesagt habe. Familienväter. Männer, die sich von ihren Frauen und Kinder verabschiedet haben. Die nicht wussten, ob sie je wiederkehren. Da war nur Schweigen. Drei Tage lang hast du kein Wort gehört.

Verteilerkasten

Dromedare als Haustiere, Schilfhütten, vor denen Fleischstreifen zum Dörren hängen. Dattelpalmen und Steppe. Ich war in Asien! Wir hatten den Manytsch-Kanal überschritten; das ist die Verbindung zwischen dem Asowschen und dem Kaspischen Meer. Und da, in einer Ortschaft, waren plötzlich Reihen aus völlig gleichen Blockhäusern mit Giebeldächern aus roten Ziegeln, Vorgärten mit je einem Tannenbaum, die Häuser offen, alles verlassen. In jedem Haus eine lutherische Bibel, in einem Versammlungshaus haben wir eine gebundene Ausgabe der *Gartenlaube* gefunden, Erscheinungsjahr 1895. Die deutschen Siedler waren weit in den Osten nach Sibirien verschickt worden.

Wir sind nur noch bis Alagir gekommen, nicht in die Stadt hinein. Dort gab es schwere Kämpfe, wir haben die schwarzen Wolken der Brände aufsteigen gesehen. Alagir liegt an der Grusinischen Heerstraße. Eine jahrtausendalte Passstraße durch den Kaukasus, die Verbindung nach Georgien. Für uns kam der Befehl: Marschstopp.

Uns mangelte es längst an allem. Wir waren von jedem Nachschub abgeschnitten. Da war, als wir eines Morgens aufwachen, das Lager voll von Pferden. Wilde Pferde, eine ganze Herde, mitten im Lager. Wir haben zuerst überhaupt nicht verstanden, was das bedeuten soll. Woher plötzlich die Pferde. Natürlich konnten wir die Pferde brauchen, aber das war uns

unheimlich. Wir verstanden dann: Die Pferde hatten uns No-
maden zugetrieben. Offenbar eine Art der Unterstützung. Die
Versorgung wurde damals großteils mit Pferdewagen durchge-
führt, um Treibstoff für die Fahrzeuge zu sparen.

Da kam der Befehl: Alles retour. Meine Nachrichteneinheit
wurde zurückbeordert, tausend Kilometer durch die Steppe. Ich
bin mit meinem Fahrer im Dreiachser über die vereisten Roll-
bahnen, richtige Straßen gibt es da keine. Einmal kamen wir an
eine kleine Holzbrücke, die hat schon sehr schwach ausgesehen.
Also haben wir Schwung geholt, sind mit vollem Tempo darüber, und sie ist auch wirklich nach dem Trägheitsprinzip hinter
uns eingebrochen. Vor uns aber ist der Damm, auf dem wir gefahren sind, immer schmäler geworden, hat sich verengt, wir
haben zusehen können, wie er unter uns verschwindet, und
dann sind wir langsam umgekippt.

Wir sind mit dem tonnenschweren Dreiachser im Graben
gelandet. Die Ladung ist uns um die Ohren geflogen, wir sind
lachend kopfunter gelegen, passiert ist uns nichts. Rauskriegen
konnten wir den Wagen aus dem Graben aber auch nicht mehr.
Also hab ich mich auf den Weg gemacht, um einen Ersatz zu
organisieren. Die nächste Ortschaft war Achtyrka, Luftlinie zirka 125 Kilometer. Ich bin losmarschiert. Drei traumhafte Tage
allein, eine wunderbare Wanderung in der Stille, nur das Knir-
schen von meinen Schritten im Schnee, mein Atem in einer
kleinen Wolke vor dem Gesicht und die Wintersonne über der
Ebene. Geschlafen hab ich in einem Dorf, dann in einem verlassenen Lastwagen.

In einer niedergebrannten Keusche hab ich einmal nach etwas Essbarem gesucht. In einem Raum, der vermutlich die
Küche gewesen war, hab ich in einer Mauerecke diese Ikone gefunden, der Schmuckflitter fast gänzlich verbrannt, aber das
Bild unversehrt: eine Mutter mit Kind. Das ist die Ikone hier,

hinter mir an der Wand. Das Dorf hieß Gornostaipol, unweit von Tschernobyl.

Zurück in Charkow, musste ich Wache stehen unter einem Galgen, wo man einen Knaben gehängt hatte, weil er einem deutschen Soldaten angeblich Brot gestohlen hatte. So etwas wurde als Subversion gesehen und mit dem Tod bestraft. Ein halb verhungertes Kind. Wegen einer Scheibe Brot. Die Familie saß dort und weinte. Die Leiche musste zur Abschreckung weit sichtbar hängen bleiben, durfte nicht abgenommen werden. Ein Widerstand, etwa den Körper an die Verwandten auszuhändigen, hätte auch für mich tödlich sein können.

Kurz darauf wurde ich als Schöffe eingeteilt. Zwei Soldaten, die ein Geschütz bewachen sollten, wurden wegen unerlaubter Entfernung vor ein Kriegsgericht gestellt. Es hatte geregnet und plötzlich waren die Temperaturen um zehn, zwanzig Grad unter null gefallen. Das hat es gegeben, solche plötzlichen Kälteeinbrüche, von einer Minute auf die andere. Also haben sich die zwei in Sichtweite vom Geschütz, gut hundert Meter entfernt, ein Feuer gemacht, um in ihren nassen Mänteln nicht zu Eissäulen zu erstarren. Da kommt der Offizier vom Dienst und findet das Geschütz unbewacht. Ich habe versucht, auf die Witterung hinzuweisen, auf die Bewegungsunfähigkeit, und dass sie in Sichtweite waren. Es hat alles nichts genützt, sie wurden verurteilt. Festungshaft nach dem Krieg. Weil der kommandierende General Seydlitz keine milden Urteile zulässt, hat man mir erklärt.

Zu Weihnachten 1942 haben wir uns mit drei Panzerdivisionen dem Umschließungsring bei Stalingrad genähert, aber da war der russische Durchbruch bei Kalatsch längst erfolgt. Einen der Gründe, warum die größte militärische Aktion der Sowjetarmee so erfolgreich war, habe ich erst später erfahren: Die Amerikaner hatten über England fünfzigtausend Feldtelefone,

Verteilerkästen und Tausende Kilometer an Leitungskabeln an die Sowjets geliefert. Eine Million sowjetische Soldaten waren an der Umkesselung von Stalingrad beteiligt, zum ersten Mal konnte die sowjetische Armeeführung einen derartigen Angriff koordinieren. Plötzlich hatten sie Telefonverbindungen, wussten also Bescheid über die Bewegungen und den aktuellen Standort ihrer Truppen.

Am Heiligen Abend ist es meiner Panzerdivision gelungen, so weit vorzustoßen, dass wir Kontakt mit dem äußersten Ring herstellen konnten. Da haben wir zum ersten Mal von der hoffnungslosen Lage im Kessel erfahren. Hitler hatte der 6. Armee ja verboten auszubrechen, und für uns allein gab es keine Möglichkeit mehr, die Einschließung zu sprengen. Im Gegenteil, uns drohte jetzt ebenfalls die Einkesselung. Wer wird zu Weihnachten nicht weich, habe ich gesagt, und einen Angriff prophezeit. Leider habe ich recht gehabt. Am Weihnachtstag um ein Uhr Mittag kam der Befehl zum Rückzug. Ich musste rasch hinaus, um die Feldtelefone und die Leitungen abzubauen.

Es gab damals die Vorschrift, den Karabiner nicht über der Schulter, sondern quer über den Rücken zu tragen. Es war mühsam und es hat gedauert, bis man den Karabiner im steif gefrorenen Mantel über den Kopf und griffbereit hatte. Man war gewissermaßen kampfunfähig. Den Karabiner vorschriftsgemäß am Rücken, bin ich also im Schneetreiben die Leitungen entlanggestapft und habe meine Geräte wieder zurückgeholt.

Ich war auf der Suche nach dem letzten Verteilerkasten, als da seitlich von mir im Schneetreiben ein Schatten aufgetaucht ist. Was macht der da, habe ich gedacht, wieso ist da noch einer, hier bin doch ich zuständig. Ich hab gesehen, der geht auf meinen Kasten zu, der da gerade im Schneetreiben sichtbar geworden ist, also hab ich zu laufen begonnen. In dem Moment hat auch der andere zu laufen begonnen. Und dann hab ich auf seiner Mütze den roten Stern gesehen. Wir sind durch den Schnee auf den Verteilerkasten zugerannt, in unseren Mänteln dick vermummt, den Karabiner auf dem Rücken.

Ich war schneller und hab den Kasten etwas früher erreicht, vielleicht zehn Schritte vor ihm. Ich hab blitzartig die Anschlüsse alle heruntergerissen, den Kasten gepackt und ihn mit einem Ruck vom Gestell gerissen. In dem Moment hat er den Kasten auch erreicht und wollte ihn mir entwinden. Wir haben gerungen und gekeucht. Und dann hab ich auf einmal zu lachen begonnen. Es war alles nur noch absurd. Es ist Weihnachten und ich stehe da irgendwo in einem Schneesturm in einer Eiswüste und raufe um einen Verteilerkasten! Mein Lachausbruch hat ihn so verblüfft, dass er einen Moment lang innegehalten hat. Diesen Moment hab ich genützt, um ihm den Kasten zu entreißen, ich hab kehrtgemacht und bin davongerannt, immer noch lachend, einfach in den Schnee hinein.

Lang habe ich allerdings nicht rennen können mit dem schweren Kasten, und so bin ich keuchend, und immer noch lachend, stehen geblieben. Ich habe gewusst, er hätte jetzt das Gewehr abnehmen und mir in den Rücken schießen können. Seltsamerweise war mir das in dem Moment egal. Ich hab über die Schulter zurückgeschaut. Er ist dort gestanden, hat mir nur nachgesehen. Dann hat er sich umgedreht und ist davongestapft, in die Richtung, aus der er gekommen war, verschwunden im Weiß.

Abrollen

Vom Lazarett in Magdeburg, wo ich meine Erfrierungen an den Füßen auskuriert habe, wurde ich nach Italien verlegt. Von minus fünfundvierzig Grad, gemessen am Flugplatz von Kiew, zu plus fünfundvierzig, gemessen im Schatten an der Straße von Messina. Nach der russischen Eiswüste und dem Elend das Paradies. Die Sonne und der blaue Himmel, die laue Luft, die frischen Früchte, Blütenduft und süße Feigen, Brot und Wein. Gut, es gab Bombardements und Artilleriebeschuss, aber selbst Gefangenschaft und Tod verloren für mich da ihren Schrecken.

Hier, bei der Fahrt über den Brenner, im ersten Morgenlicht der erste Blick auf die Dolomitenkette; die Rosengartengruppe bei der Durchfahrt durch Bozen. Rasch skizziert, während der Fahrt. Die ersten Palmen bei Rovereto. Und immer weiter nach Süden. An Rom vorbei, Monte Cassino. Dann nach Salerno. Und das ist in Randazzo, nördlich vom Aetna. Die Schwellungen in meinen Beinen waren weg, meine Füße passten wieder in die Stiefel.

Mit den Italienern war da schon nicht mehr so richtig zu rechnen. Ihre Flak haben sie schnell in den Bunker in den Berg hineingezogen, wenn ein Fliegerangriff der Briten und Amerikaner gekommen ist. Anstatt zu schießen, haben sie ihre Flak hereingeholt. Die wollten nur mehr, dass sie keinen Treffer abkriegen. Dass ihnen nichts zerstört wird. So ging das hin und her:

rein, wenn geschossen wurde, und raus, wenn die Flieger wieder
weg waren. Erst wenn alles vorbei war und die Luft wieder rein,
haben sie ihre Flakbatterien aus dem Bunker herausgeholt.

Die Amerikaner, die hatten einen unglaublichen Vorteil:
ihre Ortskenntnis. Die hatten ihre Italiener dabei. Die sind zu
ihren Vorgesetzten gegangen und haben gesagt: Da, wo jetzt gekämpft wird, da kommen meine Eltern her. In diesem Dorf bin
ich aufgewachsen. Ich kann euch da alle Wege zeigen. Und die
haben sie dann als Guide eingesetzt. Die haben sie in der Nacht
über schmale Bergwege von oben in die Dörfer und Städte hin-
abgeführt. Die sind in ein Haus gekommen und haben gesagt:
Mama! Onkel! Papa! Sind ihrer Verwandtschaft um den Hals
gefallen. Die hatten natürlich die Bevölkerung auf ihrer Seite.
An ein Halten für uns war da nicht mehr zu denken.

Rausgehen konnten wir nur noch bei Nacht. Tagsüber war
die Luft bleihaltig. Also rausgehen war nicht möglich. Wir waren den ganzen Tag im Keller. Erst in der Nacht haben sich die
von der Kücheneinheit zu uns vorgewagt und uns etwas zu essen gebracht. Das war aber alles ungenießbar. Verdorben! Sauer
geworden oder schlecht, vom langen Herumstehen in der Hitze. Kühlschrank gab es ja keinen. Wir haben den ganzen Tag
gehungert, und dann ist das Zeug verdorben angekommen. Die
haben einfach gekocht wie immer, das war zu Mittag fertig,
aber bis sie uns das bringen konnten im Schutz der Dunkelheit,
war alles durch die Hitze verdorben und vergoren. Also habe
ich gesagt: Gut, ich mach euch was. Da haben sie mich mit
großen Augen gefragt, was willst du uns denn machen? Und
weil mir nichts anderes eingefallen ist, hab ich gesagt: Marillenknödel. Ich mache euch Marillenknödel.

Ich bin hinaus und bin durch die Gärten. Im Schutz der
Mauern konnte man sich schon bewegen. Das Dorf lag so ter-
rassenförmig am Berg, und überall waren da diese schönen

Steinmauern, geschlichtet aus Naturstein, in denen die Eidechsen wohnen. Im Schatten dieser Mäuerchen bin ich entlang. Aufrichten durfte ich mich nicht, da hat es gleich gepfiffen. Und da hingen sie: golden und rot und rund. Ich habe mich in den Schatten der Mauer geduckt, und über mir leuchteten im blauen Himmel die goldenen Marillen. Unerreichbar. Ein Himmel voller Marillen, und ich konnte sie nicht pflücken.

Aber die Brombeeren waren reif: Die Mauern waren überwachsen mit Brombeerranken. Ich habe also die Brombeeren gepflückt, meine Mütze voll. Gut, dann mach ich eben Brombeerknödel, hab ich mir gedacht. Also hab ich Knödel gemacht, aber als ich sie ins kochende Wasser geworfen hab, hat sich da alles aufgelöst. Die sind komplett zerfallen. Das Mehl hat nicht gebunden. Vielleicht hat auch ein Ei gefehlt. Was ich aus dem Kochwasser fischen konnte, habe ich in die Pfanne geworfen und mit den angerösteten Bröseln verrührt. Die Pfanne mit diesem Brei hab ich dann auf den Tisch gestellt. Die haben mich mit großen Augen angesehen und gefragt: Was soll das sein? Das sind doch keine Knödel! Da hab ich erklärt: Das ist eine Wiener Spezialität! So isst man die Knödel in Wien! Und die haben mir das geglaubt! Die haben den Brei mit Begeisterung gelöffelt. Das war wohl das einzige Mal in meinem Leben, dass ich für meine Kochkunst gelobt worden bin.

Das Problem waren die Tiefflieger der Amerikaner. Die doppelrumpfigen Ligthnings. Die sind durch die Täler sehr tief, so niedrig angeflogen, dass man sie nicht kommen gehört hat, bis zum letzten Moment. Dann sind sie auch schon aufgetaucht, und die Bord-MGs haben sofort geschossen. Da war keine Sekunde Zeit. In dem Moment, wo sie da waren, haben sie auch schon geschossen. Mit dem Bord-MG, so eine Salve, wenn du da nicht augenblicklich im Straßengraben warst, haben sie dich niedergemäht.

Einmal sind wir mitgefahren, auf einem offenen Wagen, auf den Kotschützern sitzend, auf dem runden Blech über den Vorderrädern. Ich auf dem rechten, mein Freund auf dem linken. Wir haben das genossen, die Sonne und die Wärme, der Fahrer hat die Schlaglöcher umkurvt, eine kleine, sandige Bergstraße zwischen Olivenhainen. Wir haben solche Umwege durch die Berge genommen, weil wir dachten, das sei sicherer. Aber die Lightnings sind von unten angeflogen, plötzlich sind sie da gewesen und haben schon geschossen. Der Flieger kommt mit rund vierhundert Stundenkilometern. Das sind weit über hundert Meter pro Sekunde. Bis er da war und geschossen hat, war keine Sekunde Zeit. Ich bin mit einem Hechtsprung von meinem Kotschützer in den Straßengraben. Das war eine Instinkthandlung. Hechtsprünge konnte ich damals.

Und weißt du, was ich da gemacht habe, noch während ich in der Luft war? Geflucht habe ich. Gebrüllt vor Wut. Fucking idiots! Bastards! Dreckskerle! Aus dem Straßengraben habe ich ihnen nachgebrüllt. Ich habe mich so geärgert, dass ich sie verwünscht hab und verflucht. Dem Flieger gedroht mit der Faust aus der nächsten Deckung. Im Straßengraben. Der Flieger hat eine Schleife gemacht und ist zurückgekommen. Nur weg von der Straße, wo du völlig offen und ausgesetzt warst. Den Wagen haben sie in Brand geschossen.

Mich haben sie nicht erwischt. Aber meinen Freund. Eine volle Garbe. Vielleicht weil er links gesessen ist und ich rechts, und der Flieger ist von rechts heraufgekommen, sodass ich ihn zuerst gehört habe. Mein Freund war nicht schnell genug. Hat den Flieger zu spät bemerkt, war nicht gefasst darauf.

Ohne das Springen und sofortige Reagieren überlebst du das nicht. Das ist noch in meinem Körper da. Einmal bin ich im Treppenhaus die Stiegen hinabgeflogen, auf dieser Treppe da in deinem Hinterhaus. Andere brechen sich die Knochen oder das

Genick. Ich hab mich abgerollt, das ging so schnell, dass ich es nicht begriffen habe. Wir haben die Post geholt für dich, du warst nicht da. Beim Runtergehen bin ich plötzlich durch die Luft geflogen. Ich hab mich die Treppe hinab überschlagen. Ich bin aufgestanden, hab mir den Staub abgeklopft und bin weitergegangen.

Geschichten erzählen

Manche haben sich auch gewehrt. Die hatten da ihre Methoden. Eine Zeitlang haben sie sich das gefallen lassen. Aber wenn dann eine Gelegenheit da war, hat das sehr still passieren können. Oder im Gefecht; da hat man nicht gewusst, von wo ist diese Kugel jetzt gekommen. Oder sie haben einen Vorgesetzten so lange provoziert, bis es kein Zurück mehr gab. Na, dann lass mal sehen, mit deiner großen Klappe. Und der musste dann mitmachen. Sonst hätte er das Gesicht verloren vor der Truppe. Seine Autorität.

Der Liri bei Monte Cassino. Ein reißender, eiskalter Fluss. Aber die jungen Burschen vom Land, die waren unglaublich kräftig, und die waren abgehärtet, von klein auf. Und der Liri, mit dem eiskalten Wasser, das hat ihnen gefallen. Die Herausforderung. Die sind da hineingesprungen und hinübergeschwommen zum anderen Ufer, durch die reißende Strömung. Und wieder zurück. Es gab da so einen jungen Leutnant, der hat sie irgendwie gestört. Dass der mit ihnen herumgeschrien hat. Den haben sie überredet, das auch zu probieren. Der eine von den Burschen hat gesagt, wir schwimmen zusammen. Dem Offizier ist nichts anderes übriggeblieben. Vielleicht wollte er auch beweisen, dass er das kann. Darauf hatten sie es angelegt. Einer von diesen kräftigen, jungen Kerlen ist mit ihm hineingesprungen. Er hat es geschafft, der Offizier nicht. Den hat die Strömung mitgerissen. Den haben wir nicht mehr gefunden.

Einmal, bei Salerno, wir sind mit einem Zug gefahren, im Freien gesessen auf den Waggons, auf denen man Fahrzeuge transportiert, Plattformwaggons, die Bohlen quer. Plattenwagen haben wir sie genannt. Da sind wir auf der Holzfläche gesessen und dahingefahren, herrliche Landschaft, blauer Himmel. Weil ihnen langweilig war, sind ein paar auf die Idee gekommen, von einem Waggon zum anderen zu springen. Während der Fahrt. Von einem Ende dieser Plattformwaggons haben sie Anlauf genommen und sind über den leeren Raum mit den Kupplungen auf den anderen gesprungen. Das hat ganz schön geklafft. Das haben sie mehrfach gemacht, ein paar von den jungen, kräftigen Burschen. Und dann haben sie den Offizier aufgezogen: Na? Was ist? Traust dich oder nicht?

Mit dem hatten sie etwas laufen. Da war irgendeine Rechnung offen. Ich weiß nicht, was. Vielleicht hat er sie schikaniert. Oder beleidigt. Bauernburschen, kaum Schulbildung, aber die haben zusammengehalten. Stillschweigend. Die haben den so lange provoziert, bis er springen musste. Er ist gesprungen, aber nicht weit genug. Ist zwischen die Waggons gefallen. Überrollt.

Einmal, in Russland, hab ich auch einen Krawall mit so einem Offizier gehabt, irgendeiner von den Vorgesetzten, ich weiß nicht mehr. Der hat die Leute verhöhnt. Aufgehetzt. Und sinnlos bestraft. Der hat mich einmal so aufgebracht, ist dagestanden, bei einem Angriff hinter mir im Graben, da hab ich mich herumgedreht und hab vor Wut angelegt auf ihn. Das entsicherte schussbereite Gewehr auf ihn gerichtet. Auf seine Brust. Den Finger schon am Abzug. Abgedrückt habe ich nicht, aber ich war nahe dran. Der ist weiß im Gesicht geworden. Und dann hat er sich umgedreht und ist wortlos weggegangen. Zu meiner Überraschung hat er das nicht gemeldet. Das hat keine Konsequenzen für mich gehabt. Aber ich hab gewusst, ich muss da weg.

Ein paar Tage später kam ein Aufruf: Freiwillige für die Panzertruppe. Ob sich jemand meldet. Ich hab sofort aufgezeigt. Ich war der Einzige, der sich gemeldet hat. Panzertruppe, da warst du ganz vorne, das waren die Keile, die Ersten, die vorgestoßen sind. Meine Kameraden waren fassungslos. Die dachten, ich sei verrückt geworden. Wir waren ja eine relativ sichere Einheit, wir lagen da in der Etappe. Wir sind immer nur nachgerückt, hatten kaum Feindberührung. An den Kämpfen hatten wir noch nicht teilgenommen. Aber ich hab gesagt: Ich geh da weg. Sonst passiert was. Wegen diesem sadistischen Offizier.

Diese vermeintlich sichere Einheit, von der ich da weg bin, war das 51. Korps. Das gehörte zur 6. Armee. Richtig: Stalingrad. Von denen ist keiner mehr zurückgekommen. Damals aber hat jeder gedacht, ich bin verrückt geworden, weil ich wegwill. Und mich freiwillig zu einer Panzerkompanie melde. Während ich doch bei ihnen relativ gut aufgehoben und sicher war. Für die war ich ein Selbstmörder.

Ich habe nicht gezögert. Nicht weil ich so mutig war. Ich hätte es anders nicht ausgehalten. Ich hätte jemanden umgebracht oder ich wäre verrückt geworden. Es sind immer wieder welche aus den Gräben geklettert, haben sich aufgerichtet oder sind auf die feindlichen Linien zugelaufen, bis sie erschossen wurden. Besser, als mit zerrissenem Fuß oder aufgerissenen Gedärmen dazuliegen und langsam zu verbluten. So hat man damals gedacht.

Nein, Angst habe ich keine gehabt. Für Angst war keine Zeit. Darum hab ich auch diesen Fähnrich weggerissen, als er an meinem Schaltkasten herumzustecken begann. Der hat sich da wichtig gemacht, hat mir befohlen aufzustehen, setzt sich auf meinen Platz, greift in den Verteilerkasten und zieht Stöpsel heraus, steckt wahllos um, horcht mit dem Kopfhörer, ob irgendwo wer abhebt. Zieht Stecker ab, um sie woanders reinzustecken, ohne System, ohne Plan. Das waren alles wichtige Verbindungen! Auch lebenswichtige Verbindungen! Menschen schützende Verbindungen! Weil er sich aufspielen wollte, geisteskrankes Offiziersbenehmen! Ich hab ihn am Rockaufschlag gepackt und vom Sessel gerissen, schnell alles repariert, bevor ein größeres Unglück passiert. Das hat mir dann wieder ein paar Tage Dunkelhaft gebracht.

Gehaftet für seinen Unsinn hätte ich, nicht er. Es war ja mein Verteilerkasten. Aber so ein Verhalten hat man leicht mit seinem Leben bezahlt. Das ist schnell gegangen. Vor allem in den letzten Kriegsmonaten. Einmal, ich war mit einem Fernsprechtrupp unterwegs, vier, fünf Leute, wir hatten den Befehl, in einem Dorf hinter dem Wald eine Verbindungsstelle einzurichten, aber als wir aus dem Wald herauskommen, war vor uns eine Feuerwand und schwarze Rauchwolken, wo das Dorf sein sollte. Von dem war nichts mehr zu sehen, nur ein Flammenmeer und Rauch. Ich habe gesagt, Leute, wir verdrücken uns und warten, bis das vorbei ist. Ja, und wie wir so herumstehen und gerade überlegen, kommt da ein Jeep über das Feld dahergerast. Ein Kübelwagen. Ein KFZ 23, mit so einer offenen Kübelform. Und seitlich eingesteckt, die schwarz-weiß gescheckte Standarte. Ein Lob der preußischen Gewissenhaftigkeit!

Diese Standarte war das Zeichen des Oberbefehlshabers. Weit sichtbar, unverkennbar, ein Quadrat, in vier Quadrate unterteilt, weiß-schwarz, schwarz-weiß. Ich wusste also sofort, in diesem Jeep sitzt der Feldmarschall Schörner. Und das war ein gefürchteter Mann. Ein fürchterlicher Mensch. Da bist du am nächsten Baum gehangen, so schnell hast du gar nicht schauen können. Der hat kurzen Prozess gemacht. Und der hat uns sofort gesehen. Der Kübelwagen schwenkt auf uns zu, rast mit hoher Geschwindigkeit, wirklich mit hoher Geschwindigkeit auf uns zu. Und wir stehen da auf freiem Feld. Was willst du da tun?

Ich bin gestartet wie ein Hundert-Meter-Läufer, auf den Jeep zugesprintet, mitten in seine Bahn, direkt in den Jeep hineingerannt, ihm vor die Schnauze hingesprungen. Der Fahrer hat eine Notbremsung hingelegt, den Feldmarschall Schörner hat es vom Sitz gerissen, und bevor er noch irgendetwas sagen konnte, hab ich schon den Arm hochgerissen, Hacken zusammengeschlagen, meine Meldung gebrüllt: Obergefreiter Löw auf Leitungslegung gestoppt. Wir wären gerade noch dem Feuer entkommen und hätten unsere Geräte gerettet und wären auf der Suche nach unserer Einheit, ob er sie wo gesehen hätte.

Er hat mich sofort durchschaut. Das hab ich gespürt. Er hat mich nur angesehen und hat gesagt: Verschwinden Sie. Wenn ich Sie hier noch einmal sehe, sind Sie fällig.

Toccata und Fuge

Wir haben alles zerstört, Autos angezündet, Magazine gesprengt, nur das Gewehr haben wir uns umgehängt, und eine Granate und ein Stück Brot hab ich gehabt. Sonst nichts. Tag und Nacht bin ich gegangen, ohne zu essen, ohne Schlaf. Immer wieder mussten wir uns verstecken, damit uns die Tiefflieger nicht sehen. In Scheunen, verlassenen Bauernhöfen. Die Zivilbevölkerung war auch auf der Flucht. Es war ein unbeschreibliches Chaos.

Ein Offizier hat uns versammelt und hat gesagt: Leute, es ist aus. Der Iwan ist in zwei Stunden hier. Ich gebe euch jetzt eure Wehrmachtsausweise. Schaut, dass ihr euch durchschlagt nach Westen.

Anfangs war es eine große Gruppe, dann sind es immer weniger geworden. Ein paar sind zurückgeblieben, ein paar haben andere Routen genommen. Irgendwann war ich allein. Im Gehen bin ich eingeschlafen und gegen die Bäume gerannt. Aber ich bin weiter. Sechs Tage und sieben Nächte lang. Wie ich das gemacht habe, weiß ich nicht mehr.

Im Morgengrauen bin ich dann aus einem Waldstück gekommen, hinausgetorkelt auf das freie Feld. Die Deutschen hatten da eine Verteidigungslinie aufgebaut. Die sind da in den Schützengräben gelegen, Panzer und Flakstellungen und Artillerie hinter dem Dorf. Die haben gewartet auf die russische Armee. Und auf einmal taumelt da ein deutscher Soldat aus dem Wald.

Ich hab eineinhalb Tage durchgeschlafen. Als ich erwacht bin, ist die Decke vom Zimmer auf meinem Bett gelegen. Direkt über mir. Das war so ein Stahlrohrbett, und der Plafond ist darauf gelegen. Am Kopf- und am Fußende, auf diesem Eisenrohrgestänge. Der Plafond ist beim Beschuss heruntergefallen und direkt auf mich drauf. Das war so eine Gipsdecke, auf Schilfmatten, wie man das früher gemacht hat: Schilfmatte, mit Gipsverputz drauf. Ich hab von dem Ganzen nichts mitbekommen. Ich hab das ganze Bombardement verschlafen.

Die Front war inzwischen längst woanders, und ich bin hinten nachgezogen. Irgendwo in einem Dorf hat einer von dieser Kompanie, zu der ich da gestoßen bin, eine Orgel entdeckt. Ein junger, schmaler Musikstudent. Der ist zu mir gekommen und hat gefragt, ob ich ihm den Blasbalg treten kann. Hier in der Dorfkirche gäbe es eine Orgel. Die sehe ganz brauchbar aus. Er möchte sie ausprobieren. Er habe, seit er eingezogen wurde, keine Orgel mehr gespielt.

Es war mitten im Beschuss. Zuerst die Flieger, dann aus der Distanz die Artillerie, dann die Panzer, dann die Infanterie. Die Vorbereitung für einen Angriff ist immer dieser Artilleriebeschuss. Unsere Artillerie gab es nicht mehr. Wir hatten längst keine Munition mehr. Und die versprochenen Flieger sind auch nicht gekommen. Lange war das nicht mehr zu halten. Geordneter Rückzug hieß das. Wir sind da heraus, wo wir gehockt sind, von Ecke zu Ecke, von Kante zu Hauskante. Oder was davon noch übrig war. Ruinen. Den nächsten Punkt anvisieren, Einschlag abwarten, aufspringen und rennen. In Deckung gehen vor dem nächsten Einschlag. Den Einschlag abwarten, auf und rennen.

So sind wir bis zur Kirche. Die Kirche war offen, und drinnen war es kühl und ruhig. Die Detonationen hat man nur gedämpft gehört. Der Weihrauchgeruch. Wir sind eine schiefe, knarrende Holztreppe auf den Orgelbalkon hinaufgestiegen. Da war die Befürchtung, die Mäuse könnten den Blasbalg angefressen haben, aber alles hat einwandfrei funktioniert. Ich bin auf den Klappen auf und nieder getreten, ausgetretene Fichtenbretter, Dellen von den Füßen. Man verlagert das Körpergewicht von einem Bein auf das andere, so drückt man die eine Klappe nieder, während sich die andere hebt. Auf und nieder. So pumpt man Luft in den Kasten. Der Blasbalg hat gestöhnt und gepfaucht, aber dann ist der Ton gekommen, pfiff die Luft in die Pfeifen.

Er hat die Manuale und Pedale probiert, ist hin und her gerutscht auf der Orgelbank, hat der Reihe nach die Register gezogen. Sich vergewissert, ein paar Tonleitern probiert, kurz die Finger gelockert. Und dann hat er Bach gespielt. Toccata und Fuge. Zum ersten Mal in meinem Leben hab ich da dieses Stück gehört. Und ich war mitten in der Musik. Mitten im Klang. In diesem Dröhnen und Saugen, in diesen wuchtigen Akkorden, wie umspült. Und dazwischen diese Kaskaden von perlenden Läufen.

In diesem Moment gab es für uns nur noch die Musik. Wir waren in der Hölle, und plötzlich öffnet sich da ein Fenster in den Himmel. Dazwischen haben wir die Einschläge und die Detonationen gehört. Wir haben gewusst, dass wir jeden Moment weg sein können. Dass eine Granate einschlagen und uns in Stücke reißen könnte. Aber das war ohne Belang. Das hatte keine Bedeutung mehr für uns.

Pflastern

Goebbels ist vor uns auf einen Tiger-Panzer gesprungen, der gerade noch fünf Liter Sprit hatte, und hat Parolen geschrien: Es kommt die Wunderwaffe, wir werden siegen. Mitten unter den Kommandotrupps ist er aufrecht in seinem Jeep stehend kreuz und quer herumgefahren, sich der heiligen Vorsehung ausliefernd, und hat aufgerufen zum letzten Widerstand. Dabei hat es nichts mehr gegeben, womit man hätte kämpfen können: keine Munition, keinen Benzin, keine Versorgung. Von ganzen Regimentern, Divisionen, Kompanien waren immer nur noch ein paar Leute übrig, der Rest war in der Ewigkeit. Heute muss ich mich fragen, wieso kam von uns da keine andere Reaktion als: saufen, saufen. Nicht wir, aber die Panzerbesatzungen waren nur noch betrunken. Die wussten nicht, ob sie den Tag noch überleben.

Wir waren im Spreewald versteckt. Der ist von Kanälen durchzogen. Es gibt da kaum Straßen. Statt mit Fuhrwerken transportierten die Bauern ihre Güter auf flachen Kähnen. Darum konnten wir uns dort verstecken. Panzer und Fahrzeuge kamen in dieses Waldgebiet nicht herein, weil es von Kanälen durchzogen war. Wir sind in diesem Wald herumgeirrt. Niemand wusste, wo die Front verläuft. Wir sind den Rauchsäulen ausgewichen, haben versucht, uns Richtung Westen durchzuschlagen. Da war ein alter, weißhaariger Hauptmann. Der war noch vom ersten Krieg her in die Wehrmacht übernommen, ein Berufsoffizier. Dem haben wir uns angeschlossen. Der hatte einen alten Schulatlas. Das war unsere ganze Orientierung.

Der Ring um Cottbus hat sich südlich vom Spreewald geschlossen. Und der Ring um Berlin ungefähr bei Königsschusterhausen. Dort war die Reichsfunkstelle, die Masten haben wir gesehen. Zwischen den beiden Kesseln sind wir zufällig noch hinaus, bevor sie sich geschlossen haben. Am 6. Mai sind wir bei Tangermünde über die Elbe. Achtzigtausend deutsche Soldaten sind mit voller Bewaffnung zu den Amerikanern übergelaufen, in dem Glauben, die würden uns einsetzen zur Befreiung von Berlin. Die Amerikaner haben alle Verwundeten übernommen in ihre Lazarette. Aber wir sind ins Lager nach Stendal gekommen. Rücken an Rücken sind wir da gesessen. Hinter Rollen aus Stacheldraht. Achtzigtausend Leute, unter freiem Himmel. Da war nichts. Keine Zelte, kein Schutz, keine Decken.

Just kill them, haben die Schotten gesagt. Das haben sie ernst gemeint. Das war kein Scherz. Ihr seid die Mörder unserer Kinder und unserer Eltern, haben sie gesagt. Die wollten uns alle einfach umbringen. Das war für sie die Lösung des Problems. Die Engländer, als sie unseren Hunger gesehen haben, haben untereinander gesammelt und uns Sandwiches gebracht. Das war ein Wunder. Weißes Brot mit Butter und Schinken. Unfassbar für uns. Das waren alles Londoner Dockarbeiter, die haben uns geschützt. Lasst sie in Ruhe, haben sie gesagt.

Die gehören uns, haben die Engländer gesagt, wir brauchen sie, und sie haben uns zu verschiedenen Arbeiten eingeteilt. Die haben sie zum Teil erfunden. So sollten wir einen kleinen Hof in ihrer Kaserne pflastern. Einer von den Dockarbeitern ist zur Aufsicht dabeigestanden, eine Maschinenpistole umgehängt. Keiner von uns hatte jemals gepflastert, wir hatten keine Ahnung, wie man das macht. Wir haben uns geplagt und herumgetan, bis unserem Bewacher die Geduld gerissen ist. Er hat einem von uns seine Maschinenpistole in die Hand gedrückt und gesagt, wir sollen aufpassen und ihn warnen, falls wer kommt. Dann hat er sich hingekniet und allein den ganzen Hof gepflastert. Wie wir den Krieg gewinnen wollen, wenn wir nicht einmal pflastern können! Hat er vor sich hin geschimpft. Das hat er ernst gemeint! Für ihn war das unvorstellbar, wie man einen Krieg gewinnen will, wenn man nicht pflastern kann. Und wir sind mit der MP daneben gestanden, haben aufgepasst, ob jemand kommt, und haben ihm beim Pflastern zugesehen.

Wir waren in Gruppen eingeteilt. Mit ganz klaren Unterteilungen. Die waren da, aber unsichtbar. Nichts, kein Zaun. Trotzdem wurden die Gruppeneinteilungen penibel eingehalten. Weil sie nicht wussten, was sie mit uns tun sollen, und damit wir nicht revoltieren, hatte ein Major die Idee, einen Kunstwettbewerb mit uns zu veranstalten. Lagerplatzgestaltung, hieß es. Welches von den Gevierten, in die wir eingeteilt waren, schöner wäre. Wir sollten uns was einfallen lassen. Aber da war nichts außer Kieselsteine, Wurzeln, Gras und Erde. Und Stacheldraht. Wie macht man aus nichts Kunst?

Die Schotten hatten die Organisation des Lagers inne, wir haben ihnen aus der Ferne zusehen können, wie sie ihre Paraden im Schottenrock abhalten, mit Stechschritt und mit Dudelsack. Mit dem Dudelsack haben sie auch alle Signale gegeben: Tagwache, Morgenappell, Mittagessen, Abendessen, Nachtruhe, jedes mit seiner eigenen Melodie. Das hat mich auf eine Idee gebracht.

Einer von uns hatte ein Messer. Das hat er im Hosenbund hinten versteckt. Und da war ein Bauernbursch, der konnte jedes Messer an einem beliebigen Stein so scharf machen, dass man sich damit rasieren konnte. Der Holzpflock, der war von der amerikanischen Küche. Den haben wir organisiert. Also gut, gestohlen. Ja, das ging alles. Und dann hatte ich noch ein Brett. Eine Säge haben wir uns auch noch aus der Küche ausgeliehen über Nacht. Aus dem Holzklotz habe ich den Körper der Figur geschnitzt, aus dem Brett den Kopf mit dem spitzen Hut und den Dudelsack mit den Pfeifen. Das hat man alles ganz gut erkennen können. Und oben auf dem spitzen Hut aus Holz die langen Federn.

Am nächsten Tag ist der Major gekommen. What's that, hat er gefragt. Und ich habe in meinem gebrochenen Englisch erklärt: This is the Liebe Augustin. He loved the wine and music. He hated the war. Und so hab ich erzählt, was ich halt reden kann. Mit meinen paar Brocken: He lived in the time after the Turkish war. When the Turks wanted to – was heißt schon wieder erobern? – occupy Europe. When the Kipferl and coffee came to Vienna. And later the Pest. One night, when he was drunk, he fell into a hole with dead people inside. When he woke up the next day, he couldn't get out. So he played his Dudelsack. Until somebody heard him and pulled him out.

Erster Preis, erster Preis! Der Major hat ein Theater aufgeführt. Der ist herumgesprungen. Der war ganz aus dem Häuschen und hat uns begeistert die Hand geschüttelt. Der Preis waren zwanzig Laibe Brot. Für jeden in meiner Gruppe einen. Noch in derselben Nacht ist die Figur verschwunden. Weg gewesen. Gestohlen. Ein paar Tage später haben wir gehört, jemand hat in einem weit entfernten Teil des Lagers noch einmal einen Preis dafür bekommen. Das *Just kill them* haben wir nicht mehr gehört.

Entlausungspapier

Eines Tages aber hieß es, es gäbe ein Abkommen, Widerstand wäre zwecklos, es würde mit aller Härte vorgegangen, und sie übergeben das Lager jetzt den Russen. Das war ein Schock. Zuerst Lähmung, dann Gebrüll. Achtzigtausend Soldaten haben protestiert. Die Alliierten haben uns ausgeliefert.

Am Vormittag sind dann ein paar müde Pferde- und Ochsenfuhrwerke dahergezuckelt. Die Russen hatten kein Benzin und keine Kraftfahrzeuge. So haben sie mit dem Abtransport der Gefangenen mit Leiterwagen begonnen. Und während die Ersten aufsteigen, um weggebracht zu werden, kommt auf einmal in einer dröhnenden Wolke aus Staub eine Kolonne britischer Armeelastwagen angebraust, mit einem schreienden, tobenden, schimpfenden Major, der sich auf der Ladefläche vom ersten Lastwagen vorne festklammert und uns noch im Fahren entgegenbrüllt: Ihr deutschen Hunde, ihr entkommt mir nicht, erst werdet ihr mir Rotterdam aufbauen und Coventry und London, und alles, was ihr zerbombt habt, ihr werdet schuften, bis ihr umfallt, bloody bastards! Dreckskerle, verdammte Hunde! So hat er uns vor den Russen verflucht, er hat geschrien und getobt und uns auf die Lastwagen gejagt, hat fast das ganze Lager ausgeräumt. Raufspringen und weg, sobald ein Lastwagen voll war, weg, hieß es, weg! Die Lastwagen sind den ganzen Tag hin und her gerast, so hat er einen Großteil der Gefangenen gerettet.

Ein paar von uns wurden nach Hamburg gebracht. Mussten im Hafen gefrorene Rinderviertel und Schweinehälften schleppen. Aus den Kühlschiffen die ganze Mole entlang bis zu einem abgestellten Lastwagen. Ich weiß nicht, warum sie keinen Wagen genommen haben, auf den wir die Rinderhälften hätten legen können, und dann einfach hinausrollen und aufladen. Der Lastwagen hätte auch näher an die Mole heranfahren können. Wir mussten die Rinderhälften den ganzen Hafen entlangschleppen, es war eine fürchterliche Schufterei. Aber für jede Rinderhälfte oder jedes Schweineviertel haben wir eine Scheibe Brot mit Wurst darauf bekommen. Das war eine Sensation: zuvor die Graswurzeln, dann die Wurst. Am Abend waren wir so erschöpft, dass wir todmüde umgefallen sind. Vielleicht war das der Sinn der ganzen Schlepperei.

Hier, die Dorfstraße von Aurich. Die Pappeln am Emskanal. Kannst du das lesen? Was steht da? Das muss Krautsand sein. Das ist ein Ort an der Elbe. Und das ist Drochtersen. Das war eines von diesen Kapitänswitwendörfern, wie sie die Dörfer da in der Heide genannt haben. Da wurden wir raufgebracht und auf die Dörfer aufgeteilt. Ich war bei einer jungen Frau untergebracht, die Besitzerin einer Ziegelei in Aurich, die hat mir Lederflecken auf die Ärmel genäht und auf den Hosenboden, als mein Gewand zerrissen war. Und jeden Tag hab ich ein Frühstück bekommen. Das war ein Wunder. Wie im Paradies. Eigentlich ist es mir da ganz gut gegangen!

Die Briten haben das ganze nördliche Ostfriesland als Gefangenengebiet eingerichtet. Innerhalb konnten wir uns relativ frei bewegen, aber hinaus konnten wir nicht. Tagsüber mussten wir Torf stechen und die Waggons beladen. Entkommen konnten wir nicht. Dazu hätten wir über den Kanal müssen; den Emskanal, der von Wilhelmshaven bis ins Holländische hinüber verläuft, hinein nach Groningen. Bei Aurich war der Kanal die Grenzlinie, und die war Tag und Nacht bewacht, mit Stacheldraht, Maschinenpistolen und Scheinwerfern. Hinaus gingen nur die Torfzüge.

Nach ein paar Monaten ist mir die Torfstecherei zu blöd geworden, ich wollte endlich wieder heim. Einen Weg hinaus hat es auch gegeben: Wir haben die Waggons angefüllt bis oben hin, und so haben wir öfter mal einen hinausgeschmuggelt. Wir haben ihn in einen Hohlraum gelegt, Jutesack drüber und mit einer Schicht Torfziegel zugedeckt. Das klingt einfach, brachte aber ein gewisses Risiko mit sich: Beim Ausgangstor der Torfstecherei haben die schottischen Wachen alles kontrolliert. Sie haben unter die Wagen gesehen, sind auf die Waggons gestiegen und haben mit dem Bajonett im Torf herumgestochen. Es gab also eine gewisse Chance, aufgespießt zu werden.

Trotzdem bin ich Ende Jänner unter einer Lage Torf begraben zurück ins freie Leben. Ich hab mich durchgeschlagen Richtung Süden. Bin auf Züge aufgesprungen, mitgereist auf den Plattformen der Güterwaggons. In Viehwaggons zu fahren war ich ja gewohnt. Langsam hat sich unterwegs eine ganze Gruppe gebildet, hauptsächlich Bayern und Österreicher, auch ehemalige Wehrmachtsoffiziere waren darunter. Alle wollten heim und waren nach Süden unterwegs.

Eines Nachts sind wir am Bahnhof in Dortmund angekommen, da war ein offener Viehwaggon, in dem haben wir uns versteckt. Mich haben sie hinausgeschickt zum Stellwerk, um zu fragen, wann ein Zug zur österreichischen Grenze durchkommt. Die Bahnarbeiter sind ziemlich erschrocken, als sie gehört haben, da draußen steht ein Waggon mit achtundzwanzig ehemaligen Kriegsgefangenen, die alle aus der Gefangenschaft geflohen sind. Aber anstatt uns zu verpfeifen, haben sie überlegt, wie sie uns weiterhelfen können. Sie haben gesagt, passt auf, gegen Morgen kommt ein Kohlenzug nach Osten. Wir plombieren den Waggon, schreiben ihn auf die Frachtliste und kuppeln euch an.

So ist es auch geschehen. Der Kohlenzug wurde aufgehalten, eine Verschublok hat unseren Waggon geholt und angehängt, und auf einmal waren wir unterwegs Richtung Süddeutschland. Wir konnten es nicht fassen! Als es hell geworden ist, in der Morgendämmerung, haben die Leute durch die Ritzen zwischen den Brettern von diesem Viehwaggon gespäht und die vertraute Landschaft vorbeiziehen gesehen. Da haben sie zu feiern und zu tanzen begonnen, sie haben laut gesungen und gejohlt, ein paar Ältere haben noch gewarnt, aber die Jungen sind immer übermütiger geworden, und als bei Sonnenaufgang die Alpen sichtbar wurden, waren sie nicht mehr zu halten, sie haben die Tür aufgerissen und sind hinaus in die Morgensonne auf die Plattform vom Waggon.

Und plötzlich ist es passiert: Der Zug ist langsamer und langsamer geworden, die Bremsen haben gequietscht und geächzt, die Puffer gekracht, wir haben auf freier Strecke angehalten. Aber da war kein Signal, kein Bahnhof, nichts. Plötzlich stehen wir da, auf offenem Feld. Es war unheimlich still. Die Kerle sind bleich geworden, sie sind in den Waggon zurückgestürzt und haben die Tür zugezogen. Von weit vorne haben wir Stimmen gehört, amerikanische Flüche, die Stimmen haben sich genähert, und durch die Ritzen haben wir gesehen, wie in sicherem Abstand, links und rechts von den Waggons, je drei Uniformierte den Zug abgehen, jeder eine Maschinenpistole im Anschlag. Und ein amerikanischer Seargent hat laut die Waggons gezählt: Twenty-one, twenty-two, twenty-three, twenty-four … Und dann haben wir ihn fluchen gehört: Why! Why! There are twenty-four!

Damals gab es noch eine große Angst, dass in Deutschland eine Art Partisanenkampf ausbrechen könnte, ein innerer Widerstand. Die Propaganda hatte ja noch groß von Alpenfestung und Aktion Werwolf gesprochen, und diese Befürchtungen gab es wirklich, die haben die Alliierten sehr ernst genommen. Man konnte nicht sicher sein, nachdem Deutschland zusammengebrochen war, ob sich dieser besessene Fanatismus nicht im Untergrund reorganisierte und wieder ausbrechen würde. Solche Geschichten geisterten herum, und darum hatten wir ein Problem, denn da draußen stand ein junger amerikanischer Seargent, der seine MP entsichert hatte, fluchte und zitterte.

Leo, du hast ein großes Maul, sag was, red mit ihm! Also haben sie vorsichtig die Tür aufgemacht und mich rausgeschoben. Ich hab rasch ein weißes Papier aus meiner Brusttasche gezogen, mit dem hab ich heftig gewunken, das war ein offizielles Dokument, das einzige, das ich noch hatte. So winkend und mit den Armen fuchtelnd bin ich hinausgesprungen und auf den Seargent zugegangen, hab ununterbrochen beruhigend auf ihn eingeredet. Er hatte den Finger am Abzug und hat auf meine Brust gezielt, und da war eine gewisse Gefahr, dass er den Abzug mit seinem Zittern auslöst. Ich hab ihm das Papier mit beiden Händen hingehalten und draufgeklopft, da bitte! Unser Entlassungspapier! Wir sind ehemalige Kriegsgefangene, wir haben genug von diesem verdammten Krieg, wir sind auf dem Weg nach Hause. Fucking war!

Er hat das Papier mit den Stempeln und Unterschriften genommen und genau geprüft und angesehen. Und plötzlich hat er zu fluchen begonnen und mir das Papier um die Ohren geschlagen, weil so viel Deutsch hat er verstanden: Da stand in großen, schwarzen, fetten Blockbuchstaben nicht *Entlassung* auf dem Papier, sondern *Entlausung*. Es war mein letztes Entlausungszeugnis von der Armee.

Er hat geflucht und geschimpft, aber die Gefahr war vorbei. Meine Leute sind einer nach dem anderen aus dem Waggon herausgekommen, der Seargent hat das Foto von seinem Mädchen in den Staaten aus der Innentasche von seinem Mantel hervorgeholt, wir haben Fotos ausgetauscht und seine Braut gelobt. Er hat uns Zigaretten angeboten und uns erklärt, er würde uns zwar weiterfahren lassen, aber in zwei, drei Stunden wären wir an der Grenze mit den russischen Kontrollen, und da kämen wir nicht durch. Also haben wir mit dem Lokführer vereinbart, er würde uns ein Signal geben, damit wir rechtzeitig abspringen können. So haben wir uns von den Amis verabschiedet, sind wieder eingestiegen in unseren Waggon, jetzt sind auch alle vernünftig geblieben. Nach einer Stunde oder zwei kam dann das Signal, der Zug ist langsamer geworden, wir sind auf die Plattform hinaus und abgesprungen, über den Bahndamm hinab und in alle Richtungen davongerannt.

Ich habe mich über die Felder durchgeschlagen, und am Abend bin ich hungrig in ein Dorf gekommen. Wo bekommst du in diesen Zeiten noch was zu essen, hab ich mir gedacht. Also bin ich zum Pfarrhof gegangen, und da bin ich auf ein Mäuerchen gestiegen, habe meine Nase an die Fensterscheibe gedrückt und hineingespäht. Da ist drinnen der Pfarrer mit seinen Freunden beim Tarockieren gesessen. Und wie ich so durchs Fenster schaue, sieht der Pfarrer mich und deutet mir, ich soll hereinkommen. Wenig später bin ich mit einem Krug Bier vor dampfenden Schüsseln mit Selchfleisch und Sauerkraut und Knödeln gesessen und hab gegessen und gegessen. Ich hab ein Bett bekommen und mich waschen können. Am nächsten Tag bin ich dann zu Fuß über die grüne Grenze und weiter per Anhalter und mit der Eisenbahn. Und eines Tages bin ich in Wien angekommen.

Der Zug ist nur bis Hütteldorf gefahren. Der Westbahnhof zerbombt, die Gleise noch nicht wiederhergestellt. Als ich mit der Straßenbahn heimfahren wollte, hat mich der Schaffner nicht mitfahren lassen ohne Fahrschein. Aber ich hatte doch keinen Groschen! Ich bin aus Krieg und Gefangenschaft gekommen! Er hat mich aus der Straßenbahn geworfen, und so bin ich dann die letzten Kilometer zu Fuß gegangen, müde, hungrig und dreckig, wie ich war.

Keiner hat gewusst, ob ich noch lebe, seit zwei Jahren waren keine Nachrichten von mir mehr angekommen. Ich habe zuerst bei Nachbarn angeklopft und gefragt, ob ich mich bei ihnen baden und rasieren kann. Erst als ich wieder halbwegs normal ausgesehen habe, bin ich hinüber und habe bei meiner Mutter angeklopft. Warum? Ich hatte Angst, sie würde mich nicht mehr erkennen.

II.

Altershaut

Mein Vater, von Flechten überwachsen, Pilzsporen, die weiße Inseln bilden, Tüpfelchen, gebündeltes Stroh. Myzeelfäden, die nach oben platzen, diese kleinen Pflanzen, die aus der Borke wachsen, sich einnisten in den Hautzellen, Hautschuppen, aber die Haut seidig und wie Papier. Pilz auf der Haut, verwittert und verdorrt, als ob die Haut schon etwas anderes durchwirkt, eine andere Natur, dieser Körper übergeht in Moos und Flechten, so sitzt er da, sieht auf zu mir, schüttelt den Kopf.

Wenn ich ihm aufhelfe, spüre ich, wie leicht er geworden ist. In seinem dicken Flanellhemd verschwindet der Körper, die Hosenträger rutschen ihm über die Schultern und die Hose von den Hüften, wenn er aufsteht, umklammert er den Hosenbund mit einer Hand, sucht mit der anderen nach Halt. Brüchig, fragil, die Haut gläsern, fein, vage Inseln die Altersflecken, Pigmente, bräunlich und violett. Silbrig das Haar, dünn über dem Schädel, verkrustet die Haut an einer Stelle der Wange, etwas, das nicht mehr ausheilt. Die Hände aber voll Leben: jeder Finger ein eigenes Leben, vergessen und zerstreut, freundlich, ja zärtlich tastet er nach meiner Hand, legt seine Hand auf meine, fast gewichtslos, wie ein Blatt, das schaukelnd zu Boden fällt.

Er liegt auf der Holzbank hingestreckt auf seiner linken Seite, das rechte Bein hat er leicht angewinkelt auf der Tischplatte abgelegt. Der Tisch hat gerade die Höhe der Hüfte, so kann er den Schmerz lindern im geschwollenen Fuß, der in einem dicken Socken steckt, klobig und klumpig. Mit den Fingerkuppen taste ich über das Schienbein, versuche zu verstehen, was den Schmerz verursachen könnte. Ich möchte darüberstreichen, nehme aber vorsichtig die Hand wieder weg, als ich sehe, wie ihn jede Berührung alarmiert, er sagt nichts, aber ich erkenne es am Zucken in den Fingern oder einer Braue über den geschlossenen Augen.

Wie die Formen schön hervortreten, wenn die Wangen eingefallen sind, die Nasenflügel dünn, selbst die knollige Nasenrundung ist spitz und schlank geworden. Den linken Arm hat er unter dem Kopfpolster, ich sehe das Ohrläppchen lang gedehnt, die Rechte liegt angewinkelt über der Brust, die Finger in der Strickweste greifen in die Borte, als müsse er um etwas ringen. Er klammert sich fest, als suche er Halt, wenn er plötzlich sagt: Wann gehen wir wieder auf einen Berg?

Er blinzelt mir zu, mit dieser Frage. Schön, dass du da bist, sagt er, und seine Hand greift in die Luft, sucht die meine, seine Finger beklopfen kurz meinen Arm. Der Kopf sinkt wieder zurück. Ich bin ein bisschen müde, sagt er, bist du mir nicht böse, wenn ich ein bisschen liegen bleibe – wenn ich darf, fügt er hinzu. Er weiß um seinen Zustand, macht sich nichts vor, weil es nicht geht, sich etwas vorzumachen.

Die Hose fällt schlaff über seine abgemagerten Schenkel, dünn sind die Beine geworden, die Muskulatur, geschwollene Klumpen die Füße, Wasser und Schmerzen, der Stoffwechsel funktioniert nicht mehr, er liegt da in dicken schwarzen, von meiner Mutter gestrickten Socken, zwei Paar übereinander, Angst vor jeder Berührung, überempfindlich im Schmerz richtet er sich auf, stützt sich ab, zieht sich hoch an der Tischkante, langsam, den Kopf gesenkt. Sitzt vor dem Teller und löffelt mit klobigen Händen die Suppe, es tropft auf Tisch und Teller, es tropft auf seine Weste, langsam folgt er manchmal mit dem Blick der Tropfspur, greift er nach der Serviette und streift sie über den Suppenfleck, verschmiert ihn flächig. Der Löffel findet nicht mehr zum Mund, die Hand führt ungeschickt, er schiebt den Teller von sich weg und will nicht mehr. Du musst mehr essen, hat Doktor Fratellni gesagt!, mahnt meine Mutter, aber er wischt sich mit dem Hemd über den Mund und sagt: Der Depp!

Du schätzt ihn doch! Sogar zwei Zeichnungen hast du ihm geschenkt! Zwei von deinen Bildern hat er hängen in der Ordination!, sagt meine Mutter empört. Aber mein Vater reagiert nicht, hört nicht zu. Wo ist mein Stock!, sagt er böse. Wo hast du schon wieder meinen Stock hingegeben! Aufräumen, immer aufräumen!

Manchmal überfällt es ihn, ein böses Flackern, fast gehässig, gegen jede Vernunft, als wäre es unsere Schuld, dass es nicht geht, er nicht mehr gehen kann, nicht mehr in Grund und Boden rennen, was sich ihm in den Weg stellt, er die Kraft nicht mehr hat, hinwegzumarschieren über jeden Widerstand, mit Willen und Zähigkeit, mit Eigensinn und Stolz: Ich brauche niemanden!

Langsam stemmt er sich hoch. Er atmet tief, sammelt sich einen Moment. Stützt sich am Tisch ab. Er knickt ein, als er aufzustehen versucht, beugt sich vor, legt den Oberkörper langsam über die Arme auf der Tischplatte, drückt die Beine durch, kommt höher, greift nach dem Stock, der an der langen Sitzbank lehnt, die er vor fünfzig Jahren aus alten Brettern gebastelt hat, tastet sich vorwärts, zwischen Tisch und Bank heraus, greift nach der Sessellehne. Auf Stock und Sessellehne gestützt misst er, über die Brille schielend, mit wässrigen Augen die leere Fläche über dem Teppich, zwei, drei Meter bis zur Tür, er sammelt seine Kraft, atmet durch, lässt Tisch und Lehne hinter sich, wackelig macht er sich los, schleift die geschwollenen Füße über den Boden, die Knie knicken nach innen ein, er zielt auf den Türstock, den einen, freien Arm wie abwehrend vorgestreckt mit flacher Hand, um so einen möglichen Sturz gegen die Tür abzufangen.

Dann höre ich ihn plätschern in der Toilette, er zieht währenddessen langsam die Tür hinter sich zu, manchmal lässt er sie auch offen, zu müde, um sich umzudrehen, und zu gleichgültig, zu müde auch für die Scham. Lange plätschert es, immer wieder, dann höre ich die Spülung, ein Rumoren, das Umwenden in der engen Toilette, die Wände helfen ihm, sich abzustützen, er greift nach allem, das Halt bietet. Fasst nach Heizkörpern und Leitungsrohren, nach Türschnalle und Spülkasten. Ich habe Angst, er könnte so einmal einen Heizkörper aus der Verankerung reißen, die Wände in diesen Nachkriegsbauten sind aus Schlacke und mit losem, sandigen Putz gebaut, die Verankerungen brechen leicht aus. Die Windeln, die ihm meine Mutter seit Wochen stillschweigend hinlegt jeden Morgen, zieht er kaum an, auf der Toilette wirft er sie dann auf den Boden, dort liegen sie, bis meine Mutter sie schweigend wieder aufhebt.

Wütend weist er den Rollstuhl zurück. Ich habe Angst, dass er stürzen könnte und sich etwas bricht, bettlägerig wird. Es geht in Stufen abwärts, über viele Jahre, Jahrzehnte schon. Es sind immer neue Stufen, in denen er einen Schritt zurückfällt und abbaut, so wie er aufgebaut hat, den Körper, das Verstehen. Der Verstand wird schwach, müde, zerstreut, lebt nur noch im Moment und in Bruchstücken, driftenden Inseln von Erinnerung, die nicht mehr zugeordnet werden: Welches Kind? Wer war das? Mit wem ist uns das passiert? Wo waren wir? Ich? In Italien? Wer? Wen meinst du? Wer war da? Am Genfer See? Ich? Wirklich? Und wann soll das gewesen sein?

Er stellt sich unwissend, gibt vor, nicht richtig verstanden zu haben, wenn er etwas nicht gleich begreift. Sprich deutlich!, bittet er, weißt du, ich höre nicht so gut!, sagt er, wenn er nach dem Essen einnickt, dann wieder zwischen Schlaf und Wachheit dämmert. Er lauscht unserem Gespräch, hört zu, nickt wieder ein, öffnet die Augen, freut sich, dass jemand da ist, mustert uns lächelnd, lässt die Gedanken wandern, wenn er mit dem Blick über die Wände voll mit seinen Bildern streift.

Wir sitzen bei ihm und erzählen, er liegt auf der Bank und nickt, hört zu, als wäre er nicht gemeint. Er hört das Erzählen, aber nicht mehr, dass er darin eine Rolle spielt. Er hört unsere Stimmen und ich sehe, dass es ihn beruhigt, es ist ihm ein Bedürfnis zu lauschen, zu hören und zu sehen, jemand ist da. Wer, weiß er manchmal nicht genau, dann weiß er es doch irgendwie, noch kennt er mich. Noch kann er mich identifizieren, noch kann er zuordnen, dieser Enkel zu diesem Kind, diese Tochter mit diesem Schwiegersohn, dieser Sohn mit dieser Schwiegertochter. Geschieden, getrennt. Getraut. Wieder verheiratet. Wieder getrennt. Der Streit. Die Ehe. Und seine Ehe: jetzt im einundsechzigsten Jahr.

Diese Frau … wo ist sie? Er schlägt die kleinen, verklebten Augen auf, blickt im Liegen von seiner Bank, taucht auf aus diesem Schlummer, in den er immer wieder einnickt, driftend zwischen Wachheit und Schlaf. Wo ist sie? Und ich frage: Wen meinst du. Und er: Nun, diese Frau! Wo ist sie? Ich schüttle den Kopf, ratlos. Welche Frau? Und er, noch einmal: Nun, diese Frau, die immer hier ist! Und ich sage: Du meinst deine Frau? Und er nickt, wie erlöst, ja, ja, wo ist sie? Ist sie da?

Die Knie meiner Mutter

Heute hab ich ihm die Haare geschnitten! Er muss zum Friseur, hat er am Morgen gebrummt, und da hab ich ihn gefragt, ob nicht ich ihm die Haare schneiden soll. Vielleicht kann ich es nicht so gut wie sein Vater, der berühmte Friseur, aber für uns ist es gut genug. Manchmal schneide ich sie mir ja auch selber. Es kostet nichts und wir müssen uns nicht ordentlich anziehen und nicht aus dem Haus. Und wir ersparen uns die Frage, wie er hinkommt. Zu Fuß schafft er es nicht mehr, und in den Rollstuhl setzen will er sich ja nicht.

Auch die Zehennägel schneide ich ihm, selber kommt er nicht mehr hin. Irgendwann erreicht man die eigenen Füße nicht mehr. Darum gibt es so viele Nagel- und Fußpflegestudios, für die alten Leute. Ich schneide mir meine Nägel, aber viele alte Leute schaffen das nicht mehr. Die können sich nicht einmal mehr die Socken anziehen. Dafür gibt es eigene Geräte: Sockenanzieher. Wenn man jung ist, kennt man alle diese Dinge nicht. Treppenlifte, Badewannenlifte, Gehhilfen, die man vor sich her schiebt, die haben vier kleine Räder und zwei Griffe, an denen man sich abstützt, wenn man nicht mehr sicher auf den Beinen ist. Ich habe ihn gefragt, ob er nicht so eine Gehhilfe will, die Krankenkasse würde das bezahlen, aber er hat gesagt, ich hab ja dich.

Gestern sind wir rund ums Haus gewackelt, alle zehn Meter mussten wir Pause machen. Dann setzt er sich auf seinen kleinen Klappstuhl, ruht sich aus. Den Klappstuhl trage ich immer mit, den muss ich dann schnell aufklappen, mitten auf dem Weg. Die Knie versagen ihm, knicken ihm weg. Er muss sich rasch niedersetzen, sonst fällt er um. Ich muss ihn die ganze Zeit beobachten, um zu sehen, ob es noch geht. Damit ich nicht zu spät mit seinem Klappstuhl bin. Ich habe ihm gesagt, es ist zu viel. Aber nein, er will hinaus. In einer Hand hat er den Stock, auf der anderen Seite mich. Er schiebt die Füße vorwärts, flach über den Boden, Stück für Stück. Die Treppe vor der Wohnungstür schafft er, weil es da das Geländer gibt. Da hält er sich mit beiden Händen fest, Stufe für Stufe steigt er so hinab. Wir haben eine Stunde gebraucht, rund ums Haus. Dann war er so erschöpft, dass er den Rest vom Tag geschlafen hat.

Meine Knie sind auch nicht mehr schön. Dabei habe ich einmal so schöne Knie gehabt. Und jetzt sind sie so hässlich. Ganz knorpelig, ich weiß nicht, was das ist. Altersablagerungen? Alles ist so verwachsen. Jetzt gefallen sie mir nicht mehr. Dabei war ich immer so stolz auf meine Knie. Die waren wirklich schön, oval und rund. Als nach dem Krieg die Röcke kürzer wurden, hab ich mich gefreut. Anfänglich reichten sie weit übers Knie, dann nur noch bis an den unteren Rand der Kniescheibe, und wenn ich mich hingesetzt habe, dann ist der Rock hochgerutscht, gerade so viel, dass man die Knie gesehen hat.

Ich hab schöne Knie gehabt und meine Beine waren schön! Aber wie sie jetzt aussehen? Nein, die gefallen mir nicht. Ganz entschieden, ein für alle Mal. Sein Vater hat das auch gesagt. Nein, nicht der wirkliche Vater, der Friseur, der ist ja früh gestorben, sein Stiefvater, der Heinrich. Das war das Erste, was er zu mir gesagt hat, als ich durch das Tor in den Hof getreten bin, da kommt er mir zufällig grad entgegen, zwinkert und lacht und sagt: Schöne Beine, schöne Beine! Dann erst hat er sich vorgestellt. Er hat gewusst, dass ich zu Leo komme. Ein Jahr später ist er verunglückt. Jahrelang klettert er da herum und repariert Dächer, immer ungesichert, dann ist er einmal hamstern, fällt mit einem Rucksack voll Kartoffeln vom Lastwagen und bricht sich das Genick.

Meine Beine waren ganz schlank. Nicht dünn, sondern schlank. Nicht so wie jetzt. Jetzt bin ich viel zu dick. Seit es Leo mit den Beinen so schlecht geht, bewege ich mich auch nicht mehr genug. Lange waren Leo und ich ganz schlank. Durch die Arbeit im Garten. Und dann vom Wandern. Wir waren immer unterwegs. Darum kann ich mich auch noch bis zu den Zehen strecken, das ist für mich noch kein Problem. Vielleicht kommt das durch die Hausarbeit, das Bodenschrubben, und weil ich immer die Schnecken aus dem Salatbeet geklaubt habe oder auf der Erde gehockt bin, Unkraut gezupft habe und Erdäpfelkäfer gesammelt. Wir haben jedem Kind eine Dose gegeben zum Sammeln der Engerlinge. Die haben wir dann den Hühnern vorgeworfen. Und die Kartoffelkäfer auch. Die Hühner haben sich darauf gestürzt. Das waren ihre Leckerbissen.

Aber der Heinrich, der war ein Schlitzohr. Er war immer auf Baustellen unterwegs, da hat er auch andere gehabt. Da gab es jemanden, das war weit weg, an der Grenze zu Oberösterreich. Das war etwas Langfristigeres. Was soll ich machen, hat er gesagt, glaubst, du hast Ruhe? Wenn ich am Abend im Gasthaus sitz nach der Arbeit und was esse, setzt sich gleich eine her und fragt mich, wo ich schlafe. Die Frauen wollen alle was von mir. Und wenn ich so lange weg bin – da war er ganz ehrlich. Er hat das nie verheimlicht. Ich bin ziemlich erschrocken. Ich war da so naiv. Aber sobald die Arbeit irgendwo auf einer Baustelle fertig war, war auch die Liebschaft dort vorbei, er hat das abgebrochen, es war offenbar nie etwas wirklich Ernstgemeintes. Das mit der Mutter schon. Die beiden haben sich wirklich gern gehabt.

Das Bild trifft das. Wie Leo sie gezeichnet hat. Sie sehen so glücklich aus. Beide lachen. Fröhlich. Das war zehn Jahre nach dem Tod des Vaters, dass sie den Heinrich geheiratet hat. Da war sie Arbeiterin im Kabelwerk. Es muss hart gewesen sein für sie. Als Leos Vater gestorben ist. Sie musste Haus und Geschäft verkaufen, alles war hoch verschuldet. Der Angestellte, der das Geschäft hätte führen sollen, hat es in den Bankrott getrieben. Er hat sich wohl gedacht, das Geschäft geht ohnehin drauf, und sich noch alles Geld auf die Seite geräumt, zwei Jahre lang. Mitten in der schlimmsten Arbeitslosigkeit.

Der Vater hat sich zuvor zu Tode gearbeitet. Er hat niemanden entlassen, trotz der furchtbaren wirtschaftlichen Lage. Keinen einzigen Mitarbeiter. Er selbst ist täglich im Geschäft gestanden, von sieben Uhr früh bis neun am Abend. Nach einer Rippenfellentzündung ist er zu rasch wieder aufgestanden, ohne sich auszukurieren, und krank im Geschäft gestanden. Da hat das Herz versagt.

Auf einmal war die Mutter Witwe, ist dagestanden mit den Schulden und musste eine Arbeit suchen. Sie war eine bildhübsche schlanke Frau. Das sieht man auf den Bildern. Sie hatte Hauspersonal, Köchin, Bedienerin, ein Kindermädchen. Hatte keinen Beruf erlernt und keine Erfahrung in der Arbeitswelt. Und musste plötzlich Arbeit suchen. Dazu hat sie ein katholisches Führungszeugnis gebraucht. Eine Bestätigung, dass sie sonntags regelmäßig zur Messe geht und beichtet. Das hat ihr der Pfarrer ausgestellt, der sie getraut hat. Nur mit so einem Zeugnis hat man eine Stelle als Hilfsarbeiterin in der Kabelfabrik bekommen. Ich hab es aufgehoben, es muss da oben sein im Regal über dem Bett. Da sind die Ordner und Mappen mit den alten Fotos und Dokumenten. Auch die Bürgerurkunde von Leos Urgroßvater. Er ist 1845 hierhergekommen, auf der Suche nach Arbeit. Jakob Löw aus Lemberg. Heute ist das

Ukraine. Im Bezirksamt haben wir die Eintragung gefunden. Auf der Urkunde hat er sich noch „Lwv" geschrieben.

Mit dem katholischen Führungszeugnis hat man in den Fabriken versucht, kommunistische Unterwanderung zu vermeiden. Dass solche in die Betriebe kommen wie mein Vater. Der war gelernter Kesselschmied. Zuerst hat er in Rumänien bei der Eisenbahn gearbeitet, ist aber verhaftet worden wegen Agitation, dann angeklagt wegen Hochverrat, nach Budapest gebracht und eingesperrt. Sogar meine Mutter, hochschwanger, haben sie mit den zwei ältesten Kindern ins Gefängnis gesperrt und tagelang verhört. Dann wurden sie nach Österreich abgeschoben, ohne Wohnung, ohne Arbeit. Ein Ehepaar in der Brünner Straße hat sie bei sich aufgenommen, Arbeiter in der Lokomotivfabrik. Mit Dankbarkeit hat meine Mutter noch Jahre danach über sie gesprochen. Mit Mühe haben sie dann die Wohnung in der Treustraße gefunden und mein Vater hat Arbeit gesucht. Aber er ist überall bald wieder rausgeflogen, weil er sofort zu agitieren begonnen hat. Dann war er ausgesteuert und ist mit sechs Kindern dagestanden: fünf Mädchen und ein Bub.

Wir haben alle in einem großen Doppelbett geschlafen, unter einer großen Daunendecke. Drei so, drei so sind wir gelegen. Den Kopf da, die Füße beim anderen. Wir haben die Beine zusammengesteckt, uns war nie kalt. Ich kann mich nicht erinnern, dass ich jemals einsam oder traurig war. Wir waren ja nie allein! Wir haben gelacht, geblödelt und gesungen: *Schla Naninka doseli, doseli, doseli, natrhali lupeni, lupenicka. Pschischelnani Pepitschek, rostrahali goschitschek, tititi, tititi, tita budesch platiti.* Ging spazieren die kleine Nani, kam der Pepi daher und küsst sie auf den Mund. Und da sagt sie so ungefähr: Na warte nur, das bezahlst du mir. Und droht ihm mit dem Finger: *tititi, tititi!* Das heißt natürlich nichts, aber *platiti* ist bezahlen, dafür zahlst du. So ungefähr, falls ich mich noch richtig erinnere. Das Lied habe ich immer bei meiner Großmutter gehört. Die hat das oft gesungen. Mein Großvater hatte eine Tschechin geheiratet, Katharina Platecki. Das war so eine fröhliche Familie, trotz der unbeschreiblichen Armut, in der sie gelebt haben.

Mein Vater hat meine Schwester an der Hand genommen und ist in die Höfe singen gegangen. Arbeiterlieder: Hoch die Fahne, Mit uns die neue Zeit. Er hat gesungen, mit ihr an der Hand. Sie war sehr hübsch und hatte eine wunderbare helle Stimme. Damit hat er auch spekuliert. Sie musste mit ihm singen, hauptsächlich Arbeiterlieder. Die Leute haben ein paar Münzen in Zeitungspapier gewickelt und aus dem Fenster geworfen. Meine Schwester hat das gehasst. Sie musste den Münzen nachlaufen und sie im Gras einsammeln.

Man hat damals praktisch nichts gehabt außer dem, was man am Körper getragen hat. Ein paar Kleider. Auch nichts, das man hätte eintauschen oder versetzen können. Die Wohnungen waren leer: keine Bilder, keine Möbel, keine Sachen, kein Fernseher und kein Kühlschrank. Die Küchenkästen waren leer. Keine Geräte, kein Badezimmer. Es war minimal, was ein Mensch damals besessen hat. Meine ersten Bücher habe ich im Schutt gefunden. Beim Aufräumen nach dem Krieg. Wir wurden alle zum Schuttschaufeln eingeteilt. Und ich hab nicht richtig geschaufelt. Ich hab nur nach Büchern gegraben. Die Exemplare habe ich noch, die ich da gefunden habe: Nietzsche-Gedichte und Schopenhauer-Aphorismen!

Meine Mutter war sehr klein, wohl wegen der schlechten Ernährung. Sie hatte kaum Schulbildung, aber sie war eine kluge Frau. Sie hat uns sehr viel Freiheit gelassen. Bin ich zu ihr gegangen und habe sie gefragt: Mutter, was soll ich tun?, hat sie gesagt: Mach, wie du glaubst. Sie hat nie schlecht von jemandem gesprochen. Hat auch dem Vater nie einen Vorwurf wegen seiner Arbeitslosigkeit gemacht. Sie ist putzen und bügeln gegangen und hat bei uns zu Hause die Wäsche für andere Leute ausgekocht. Die Küche hat gedampft. Die Wände waren feucht. So hat sie ein paar Groschen verdient. Mit denen ist sie am Abend auf den Markt gegangen, kurz bevor die Händler zugesperrt haben. Was sie weggeworfen hätten, hat sie geschenkt oder fast umsonst bekommen. Fleisch haben wir fast nie bekommen, und wenn, dann Pferdefleisch, das war das billigste, faschiert für einen falschen Hasen an seltenen Feiertagen.

Mein Vater hat den Béla Kuhn bei uns versteckt. Das war ein Anführer der ungarischen Kommunisten, und als die Räterepublik in Ungarn niedergeschlagen worden ist, musste er flüchten. Jede Nacht wurde er in eine andere Wohnung gebracht, ein oder zwei Mal hat er auch bei uns geschlafen, bis sie ihn über die Grenze in die Tschechoslowakei in Sicherheit bringen konnten. Da in unserem Kabinett wurde er versteckt! Treustraße, dritter Stock. Genau die Zimmer über dem Haustor. Direkt gegenüber der Volksschule. Ich hab vom Fenster aus dem Kabinett in mein Klassenzimmer sehen können. Ich musste nur aus dem dritten Stock hinunterlaufen und drüben in den ersten Stock. Das war praktisch, ich konnte lang schlafen. Die Kinder sind unten vorm Schultor gestanden und haben gewartet, bis offen war. Sobald ich Kinder im Klassenzimmer sehen konnte, hab ich schnell meine Schultasche genommen und bin die Treppen hinuntergelaufen, über die Straße und drüben die Treppen wieder hinauf. Eine Uhr habe ich nie gebraucht, zu spät gekommen bin ich nie.

Oft sind wir da oben im dritten Stock am Fensterbrett gelegen, haben gewartet, und wenn wer aus dem Haus kam, haben wir hinuntergespuckt. Apfelputzen oder Kirschkerne haben wir prinzipiell aus dem Fenster geworfen. Wir waren sehr schlimm, meine Schwestern und ich. Eine hat die anderen angespornt,

Rädelsführerin gab es keine. Und dann haben wir uns versteckt, schnell, unter dem Fenster. Die Leute sind nie draufgekommen, wer da gespuckt hat. Sie haben immer heraufgeschaut und gesucht. Aber auf uns sind sie nie gekommen. Wir haben den Ruf gehabt, gut erzogen und brav zu sein. Wohl wegen der Mutter, weil sie so ernst und tapfer war.

Aber der Heinrich, der hat meine Beine bewundert. Den Heinrich hat der Leo sehr geliebt. Und meine Kniescheiben, die waren so schön. Und wie sie jetzt verknorpeln. Nein, wie sie jetzt aussehen, das ist nicht mehr schön. Gezeichnet hat mich Leo leider nie. Nur dieses Porträt, als wir uns kennenlernten. Damals habe ich mir immer gewünscht, dass er mich malen würde. Da hab ich ihn gefragt: Warum malst du eigentlich keine Frauen? Als wir uns kennenlernten, war ich auf der Uni in Französisch inskribiert. Ich habe da ein Buch über moderne Malerei gelesen, darum habe ich ihn gefragt. Rodin, Monet, Cézanne. Oder Matisse. Dem ist anfangs auch seine Frau Modell gestanden, als er noch ein unbekannter, mittelloser Maler war, und sie noch jung und schön. Da haben sie früh am Morgen ihren Picknick-Korb gepackt, und er hat seine Staffelei genommen. So sind sie ins Grüne vor Paris hinausgezogen, irgendwohin, wo niemand war. Da hat er sie gemalt. Mir hätte das gefallen! Aber als ich ihn gefragt habe, ob er mich malen will, da hat er Nein gesagt.

Unlängst hat er mir das angeboten: Ich mal dich, hat er gesagt. Für mich bist du noch immer schön. Jetzt bin ich alt genug, hat er gesagt! Jetzt könnte ich das. Hör auf, hab ich gesagt, jetzt, wo ich alt und hässlich bin! Sieh dir doch meine Knie an. Jetzt brauch ich das nicht mehr. Mal doch was Schöneres als mich!

Doping

Blutdoping! Epo! Was die Radrennfahrer kriegen! Alle fahren so die Tour de France, hat Doktor Bös gesagt. Da geb ich Ihnen jetzt was Feines. Das wird Sie wiederherstellen. Und er hat ihm diese Injektion gegeben. Leo hat nichts gespürt und hat gefragt, das war es? Das war so eine feine Nadel, hauchdünn. Und eine kleine Ampulle. Das dient dazu, die roten Blutkörperchen wiederherzustellen. Oder zu vermehren. Das regt das Rückenmark an, hat uns der Doktor Fratellni in der Klinik erklärt. Er hat ihm das verschrieben, am Dienstag, als wir zur Kontrolle dort gewesen sind. Zum ersten Mal mit dem Krankentransport. Das ist ganz wunderbar gegangen. Aber der Doktor Fratellni hat schon gesehen, wie schlecht Leo beieinander ist. Wie er hereingewackelt kommt. Fast nicht mehr gehen kann. Und immer so müde ist. Er ist eingenickt beim Warten. Das frühe Aufstehen! Und man weiß ja nie, wie lange es dauert, bis man drankommt. Und dann kommen wir herein, und Leo hat schon so schlecht ausgesehen, und der Doktor Fratellni hat das gleich erkannt, und die Werte waren wieder nicht gut. Heute bin ich gar nicht zufrieden, hat er gemeint. Ich werde Ihnen wieder dieses Medikament geben, das wir schon einmal hatten, das hat die Werte zuletzt deutlich gesenkt. Kanonen auf die Leukozyten. Jetzt sind wir so um die dreißig, fünfunddreißig Prozent. Gut ist so um die neunzehn. Das hatten wir schon. Das muss er jetzt vier Mal nehmen, vier

Tage lang. Es wäre gut, wenn wir es damit wieder runterdrücken könnten.

Mit dem Rezept geh ich dann in die Apotheke, hole die Pulver und diese Einmalspritze, die muss man bestellen. Sie ist nicht chefarztpflichtig, es genügt, wenn es der Facharzt unterschreibt, das ist jetzt neu. Man bekommt es direkt. Und das ist nur eine einmalige Injektion, keine Serie. Eine winzige kleine Ampulle. Die Verkäuferin hat mich darauf hingewiesen, was ich bezahlt habe: vier Euro sechzig, die Rezeptgebühr. Darunter aber steht auf der Rechnung der tatsächliche Kaufpreis. Das, was man normal bezahlen müsste. Ich weiß nicht, wer das kaufen würde. Radfahrer? Also, das wird neuerlich da aufgedruckt, damit die Leute sehen, dass die Krankenkasse doch etwas Gutes ist. Und lieber ihre Beiträge bezahlen. Kaum zu glauben, was das kostet. 1.460 Euro! Für so eine winzige Ampulle!

Und das bekommt er für vier Euro sechzig Cent. Ich weiß nicht, warum das so teuer sein kann. Damit finanzieren die Pharmakonzerne wohl ihre Forschung. Sicher, die Entwicklung. Das muss sehr aufwendig sein. Aber wie bestimmt man so einen Preis? Und wer kann das berechnen? Wie kalkuliert man das? Können die Pharmafirmen da nicht verlangen, was sie wollen? Wenn sie das produzieren, und man braucht es, und wenn der Arzt es verschreibt? So oft kann er es wohl auch nicht verschreiben. Die Kasse wird schon wissen, dass es, wenn er es verschreibt, auch wirklich notwendig ist. 1.460 Euro!

Wissen Sie, was das kostet? Hat ihn der Doktor Bös gefragt. Stellen Sie sich vor: Die Radrennfahrer müssen sich das selber kaufen! Er ist so ein lieber Mann. Er kommt herein und sieht sich um, und dann fragt er als Erstes, mit einer leisen Stimme: Was haben Sie zuletzt gemalt? Dabei kennt er die Zeichnungen ja schon. Alle die Zeichnungen, die da an der Wand hängen. Aber er fragt dann, immer wieder: Was ist Ihr letztes Bild? Er lächelt immer, wenn er hereinkommt. Ich glaube, er freut sich wirklich, Leo zu sehen. Ah, schön!, sagt er dann und sieht sich jedes Bild genau an, auch die, die er schon kennt.

Ein Radrennfahrer kann sich dopen. Der hat noch einen jungen Körper. Der hält das aus. Da kann man vielleicht noch etwas herausholen. Aber bei Leo? Er ist einfach müde. Da sind keine Reserven mehr. Und was passiert nachher? Wie oft können wir das machen? Ihm so einen Schub geben? Was kann man noch herausholen aus einem Körper, wenn er einmal so müde ist?

Ja, er kommt immer und gibt ihm die Spritze. Ich glaube, er kommt gern zu uns. Er ist vielleicht eine Spur kleiner als du, aber ganz schlank und fit. Er geht gern joggen. Einmal ist er uns begegnet, auf der Donauinsel. Leo ist dort gesessen, auf dem Klappstuhl oben am Weg zur Brücke, und hat den Berg gezeichnet. Da ist er vorbeigelaufen. Er ist stehen geblieben und hat uns erkannt. Was er da zeichnet, hat er gefragt. Und ist ganz interessiert herangetreten. Und hat gefragt, wie es ihm geht. Und hat gesagt, wie schön es ist. Dass es das noch gibt: dass jemand da sitzt und malt.

Fidibus

Sparen beginnt bei einem Zündholz, hat meine Mutter immer gesagt. Dabei hat sie einen Fidibus hochgehalten: ein eingerolltes Stück Papier, mit dem man eine Flamme weitergibt. Am Morgen hat die Mutter den Herd mit einem Zündholz angezündet, für alles Weitere hat sie dann einen Fidibus gemacht: ein Stück Papier eingerollt und entzündet, und mit dieser rußenden kleinen Fackel dann in einem anderen Zimmer das Holz im Ofen, eine Kerze, die Petroleumlampe angezündet. Am Samstag ist immer die Frau von gegenüber gekommen, aus der Nachbarwohnung, und hat an unsere Tür geklopft und mich gebeten, ob ich ihr Feuer machen kann im Herd. Nicht einmal das durfte sie tun am Sabbat. Da bin ich dann mit einem Fidibus hinüber und hab am weißgedeckten Tisch den Leuchter und die Kerzen gesehen. In unserem Haus gab es viele jüdische Familien, aber nur diese eine hat sich noch an den Ritus gehalten.

Als sie in der Nacht gekommen sind, um alle diese Familien aus unserem Haus zu holen, da war so ein Lärm und Gepolter auf den Stiegen. Da bin ich zur Tür gegangen und hab hinausgesehen. Und meine Mutter ist gekommen, hat mich zurückgezogen, rasch die Tür verriegelt. Was machen sie mit ihnen? Wo bringen sie sie hin?, hab ich entsetzt gefragt, aber meine Mutter hat mich von der Tür weggezogen, rasch das Licht gelöscht und mich an sich gedrückt. Sie hat den Finger an den Mund gelegt.

Sie war so bleich und hat gezittert, wie ich es nie gesehen hab, nicht in der schlimmsten Zeit.

In dieser Nacht sind Lastautos vorgefahren. Offene Lastwagen. Und dann haben sie aufsteigen müssen. Die ganze Familie, Kinder, Greise. Hätte ich es nicht gesehen, wie sie abgeholt wurden in der Nacht, hätte ich es in der Schule erfahren. In meiner Klasse haben am nächsten Tag zwei Drittel der Kinder gefehlt. Plötzlich waren wir nur noch zehn. Meine besten Freundinnen waren weg. Wir Kinder haben gefragt, aber die Lehrer haben uns gedeutet, dass wir still sein sollen. Eine Lehrerin war ganz verweint. Sie hat im Unterricht zu weinen begonnen, und am nächsten Tag hat sie gefehlt. Sie ist auch nachher nicht mehr gekommen.

Darum, nur darum ist der Hitler so bejubelt worden. Auf einmal hatten alle Arbeit. Alle die arbeitslosen Männer. Meine Geschwister, von einem Tag auf den anderen. Sie haben Geld verdient, und jede hat einen Teil der Mutter abgegeben. Sie haben nicht gefragt, woher die Arbeit kommt und wozu sie gut ist. Wem hat man die Arbeit und die Wohnung weggenommen, die einem zugewiesen war? So blöd konnte man nicht sein, dass man das nicht begreift. Aber wenn einer davon profitiert –

Einkaufen hat meine Mutter immer mich geschickt. Wenn wir kein Geld mehr hatten. Die Mutter hat mich geschickt, weil ich die Kleinste war, und wahrscheinlich, weil sie sich gedacht hat: Bei mir sagt er nichts, bei einem Kind. Und wahrscheinlich, weil sie sich geschämt hat. Dann hat sie gesagt: Kauf zehn Deka Schmalz. Und ein Viertelkilo Mehl. Es waren immer nur so kleine Mengen. Ein Säckchen schwarzen Tee. Und sie hat mir ein Glas mitgegeben für Öl. Wenn ich gefragt habe nach dem Geld, hat sie gesagt, sag ihm: Bitte anschreiben.

Es war ein kleiner Lebensmittelladen. Ein Greißler. Winzig. Er hat nur die wichtigsten Sachen gehabt. Viel hat man ja damals nicht gekauft. Vieles hat man sich noch abfüllen lassen, in kleinen Mengen, Öl und Schmalz in mitgebrachte Gläser, Milch in Kannen. Im Raum hinter dem Geschäft hatte er auch Petroleum, das hat man sich in Flaschen abfüllen lassen, viele Leute hatten noch Petroleumlampen oder kleine Petroleumöfen zum Kochen. Mehl und Zucker hat er in Papierstanitzel abgefüllt, die er aus Zeitungsblättern mit einer Hand um zwei Finger der anderen Hand gerollt hat. Er hat dann alles zusammengerechnet auf seinem Notizblock und mir den Preis gesagt und ich hab schnell gesagt: Anschreiben, bitte! Er hat mich angesehen und ich hab ihn angesehen, und er hat gewusst, dass die Mutter kein Geld hat. Und ich hab die Sachen geschnappt und bin gelaufen.

Und dann, eines Tages, als ich nach Hause gekommen bin von der Schule, habe ich gesehen, wie da viele Leute dicht gedrängt vor seinem Geschäft stehen, und ich bin hingegangen, um zu schauen, und da habe ich das gesehen, er ist da gekniet und musste mit der Bürste den Gehsteig putzen. Dieser liebe alte Mann. Sie haben die Scheiben zerschlagen und sein Geschäft geplündert, danach durfte er nicht mehr verkaufen, er hatte nichts mehr, von dem er hätte leben können. Meine Mutter hat die Betttücher abgezogen und gewaschen, gebügelt und gefaltet, und hat sie in die Pfandleihanstalt gebracht. Sie hat das Bettzeug versetzt. Dann ist sie hingegangen, um ihre Schulden zu bezahlen. Er hat das Geld nicht angenommen.

Die Schule in diesen Jahren war nicht mehr ernst zu nehmen. Wir haben eigentlich nichts gelernt. So leicht hat man nie wieder ein Reifezeugnis bekommen. Es gab kaum noch Unterricht. Wir wurden stattdessen zu anderen Arbeiten eingeteilt. Einen Tag hat es geheißen, es kommt ein Bus, wir fahren zum Erbsenpflücken in den Süden. Dort haben wir den ganzen Tag Erbsenschoten in große Säcke eingefüllt und dabei natürlich die ganze Zeit Erbsen gegessen. Dann hieß es wieder, wir müssen als Erzieherinnen aufs Land. Da haben wir zwei Wochen Ausbildung bekommen, und wieder gab es keinen Unterricht, und dann habe ich einen wunderbaren Sommer als Hilfserzieherin in einem Jugendheim am Kreuzberg verbracht, in blühenden, duftenden Wiesen.

Die Bombardements sind immer heftiger geworden. Wenn Bombenalarm gewesen war, war die Schule zu Ende und wir durften für diesen Tag nach Haus. Wir sind immer zu Fuß nach Hause gegangen, den Kanal entlang, normalerweise dauerte das eine Stunde, aber an schönen Tagen waren es oft zwei oder drei. Da haben wir den ganzen Nachmittag gebraucht, so haben wir getrödelt und herumgetan. An Bombentagen wussten wir nicht, ob unser Haus noch steht. Und meine Mutter ist nie in den Luftschutzkeller gegangen. Obwohl es Vorschrift war. Es war verboten, in den Wohnungen zu bleiben. Sie hat gesagt: Lieber sterbe ich da heroben, als dass ich im Keller verschüttet werde und ersticke. Ich bin dann auch bei ihr geblieben, wenn in der Nacht ein Bombenangriff war. Anfangs hat es meist nicht die Innenstadt betroffen, sondern am Stadtrand die Fabriken, oder die großen Eisenbahnanlagen. Der Nordostbahnhof wurde total zerstört. Die Brücken wurden erst in den letzten Kriegswochen angegriffen. Von der Friedensbrücke hab ich Ausschau gehalten. Von dort sieht man zum ersten Mal die Giebel der Häuser an der Treustraße. Ich hab geschaut, ob unser Haus zu sehen war. Und wenn ich gesehen hab, ja, es steht, es ist noch da, dann bin ich froh weitergelaufen, weil ich wusste, dass die Mutter lebt und auf mich wartet.

Auch für den Arbeitsdienst haben wir ein Zeugnis bekommen. Auf meinem stand ganz oben: politisch unzuverlässig. Weil ich mich nicht interessiert habe für diese Propaganda, bei den Reden immer weggegangen bin. Da war eine Scheune, da mussten wir zusammenkommen und in Trainingsanzügen sitzen und uns Vorträge anhören über die Schönheit der Arbeit und das Wesen der deutschen Frau. Wenn sie diese brüllenden Reden angehört haben, das habe ich nicht ausgehalten. Da bin ich zu unserer Leiterin gegangen und hab gesagt, ich muss aufs Klo, ich fühl mich krank. Oder ich habe meine Tage. Das ist ja praktisch, bei einer Frau. Irgendwie hab ich mich immer entschuldigt. Dann bin ich kurz hinaus und nicht mehr zurückgekommen.

Oft bin ich zu einer Freundin, die hatte einen schlechten Fuß. Ein Mädchen aus Hamburg, die etwas älter war als wir. Sie hatte seit einer Kinderlähmung Probleme mit dem Fuß, der war verkrüppelt. Und die hat wirklich von sich gedacht, dass sie eine Belastung sei deswegen, die hat sich schuldig gefühlt. Die hat selbst gesagt, ja, vielleicht sei sie eine Belastung für das Volk, und sie schäme sich.

Das war für mich entsetzlich. Selbst dieses wunderbare Mädchen, das ich so gern gehabt habe. Sie war so klug. Und sie hat das verinnerlicht, die ganze Propaganda. Sogar gegen sich selbst. Ich hab gesagt, wie kannst du nur so etwas sagen! Wegen so einer Behinderung bist du doch nicht weniger wert als andere. Deswegen bist du doch nicht ein schlechterer Mensch! Ich war wirklich entsetzt. Sie war einer der klügsten Menschen, die ich gekannt habe, aber sie hat das völlig verinnerlicht, diese Propaganda. Sie war nicht für die Nazis, aber trotzdem hat sie gemeint, dass sie eine Behinderung für die anderen sei. Sie hat gefürchtet um ihr Leben. Man wusste damals schon, dass Behinderte abgegeben wurden in bestimmten Heimen. Dass man mit einer körperlichen Behinderung als lebensunwert bezeichnet wurde. Eine Belastung für das Volksganze sei. Ich hab sie damals schon verabscheut, diese Wörter, die nur ein Vorwand sind, um andere zu quälen.

Zu ihr bin ich dann oft gegangen, sie war bei einem anderen Bauern als ich einquartiert und hat im Büro der Leiterin geholfen, und zu ihr habe ich gesagt, die Russen sind in Budapest, und uns will man was von Kampf bis zum Sieg und Geheimwaffe erklären, uns redet man ein, wir werden den Feind hinauswerfen. Was haben wir überhaupt in Russland zu suchen? Was haben wir dort verloren? Solche Sachen habe ich gesagt, und sie ist bleich geworden und hat gesagt, um Himmels willen, sei still, mir kannst du so etwas sagen, aber sag das ja niemand anderem! Wenn dich wer hört! Weißt du, was das für schreckliche Folgen haben kann?

Und ich war wütend und hab gesagt, ach was, ihr bildet euch alle ein, ihr müsst *dem da* folgen! Aber ich verachte die alle mit ihrem Gebrüll und ihrer Schreierei! Das sind für mich keine Menschen mehr! Und dann habe ich ihr etwas gesagt, das mir mein Großvater einmal gesagt hat, der mich immer so geneckt hat, der mir immer Märchen aufgebunden hat, als ich noch klein war. Der hat mir einmal gesagt, und da hat er mich genommen und mir ganz tief in die Augen gesehen: Wenn du einmal vor jemandem furchtbare Angst hast, dann stell dir vor, er sitzt am Klo. Das habe ich gemacht. Und das hat wirklich funktioniert. Angst habe ich keine mehr gehabt, trotz der Gefahr.

Wir wurden aus dem Arbeitsdienst entlassen. Wer wollte oder konnte, fuhr mit den letzten Eisenbahnzügen heim, die anderen sind mit den Betreuerinnen nach Oberösterreich, weg von den Russen, die schon in Wiener Neustadt waren. Ich bin zurück nach Wien, wo meine Mutter war. Meine älteste Schwester war als Lehrerin am Land und schwanger mit dem zweiten Kind. Die Mutter ist zu ihr gefahren, um bei der Geburt zu helfen, und ich bin mitgefahren, weil wir dachten, dort wären wir sicherer und wir hätten zu essen von den Bauern.

Wir haben gefürchtet, dass Wien völlig zerschossen wird, so wie wir es von Breslau wussten. Zurück in der Wohnung blieb mein Bruder. Er war siebzehn und hatte längst Einberufungen bekommen, ist aber nicht hingegangen und hat erklärt, wenn sie ihn holen kommen, stellt er sich krank und blöd.

Mit Mutter bin ich nach Norden aus der Stadt. Paula hat da in einem hübschen kleinen Haus gewohnt, da war Platz. Sie hatte den Kinderwagen vorbereitet, voll mit Babywäsche, Windeln, Babynahrung. Am 6. April sind noch einige Autos mit SS-Leuten durchgekommen, die haben nur gefragt, ob sie die Toiletten benützen und Wasser holen können. Geschlafen haben sie in ihren Lastwagen, die waren vollgestopft mit Proviant. Sie haben gesagt, wir sollen mit ihnen in den Westen fahren, weg von den nahenden Russen. Aber Mutter und Paula haben gesagt, hier hätten wir die Wohnung und das Essen, und so sind wir geblieben.

Als die SS-Leute am nächsten Morgen weggefahren sind, ist es ganz still geworden im Ort. Auf den Rat der Soldaten hin sind wir nicht im Haus geblieben, wegen Artilleriebeschuss oder Granaten. Das Haus hatte keinen Keller, so sind wir am nächsten Tag mit Sack und Pack in den Weinkeller einer Bäuerin gezogen. Alle Leute vom Dorf haben das gemacht. In unserem Keller waren nur Frauen und Kinder, und ein Fremdarbeiter, ein Slowene, der mit einer jungen Bäuerin im Ort gelebt hat. Er hat gesagt, dass die Bauern ihre Weinfässer ausleeren und ausrinnen lassen sollen. Die Russen würden uns erst gefährlich, wenn sie betrunken wären.

Zuhinterst im Keller, hinter den Fässern, haben wir Strohsäcke quer gelegt, Bettzeug darauf. Beim Kellereingang stand ein kleiner Sparherd, wo eine Frau kochte: Erdäpfel, frischen Spargel, der über dem Keller im Weingarten wuchs. Einen Tag lang war es unheimlich still, wir haben im Keller geschlafen, abends ist einmal ein einzelner deutscher Soldat durchs Dorf gelaufen, hat nur Wasser verlangt und ist weitergelaufen wie ein gejagtes Wild.

Am nächsten Morgen habe ich oben in der Kellertüröffnung den ersten russischen Soldaten stehen sehen. Er sah asiatisch aus, wie ein Hunne, klein, mit hoher Pelzkappe und einem Säbel. Unheimlich. Aber er ist nicht in den Keller gekommen. Dann hat man uns gesagt, dass wir aus dem Keller müssen, weil genau darüber auf dem Hügel oben Artillerie aufgestellt wird. Wir mussten mit all unserem Zeug in einen anderen Weinkeller umziehen. Es war ein sonniger, warmer Frühlingstag. Ich habe mir einen alten Umhang mit Kapuze angezogen, weil wir ein paar hundert Meter durch das Dorf gehen mussten, wo viele russische Soldaten mit kleinen Pferdewagen standen. Die haben sich da in den Häusern einquartiert, von den Vorräten gegessen, geschlachtet, was sie gefunden haben. Meine Mutter und ich sind mit dem auffallenden Kinderwagen gegangen, ich in dem alten Mantel, die Kapuze tief über den Kopf gezogen. Auf einmal höre ich eine Stimme: Ist Ihnen nicht zu warm in diesem Mantel? Als ich aufschaue, ist es ein junger russischer Leutnant.

Liebesnächte

Leo hat nie einen Ehering getragen. Er hat immer gesagt: wegen der Elektrizität. Damit er nicht in den Stromkreis kommt bei der Arbeit. Aber als wir uns kennenlernten, hat er uns im Park Verlobungsringe angesteckt. Das heißt, er hat zwei Ringe aus der Hosentasche gezogen. Das war beim Westbahnhof. Nein, weiter unten, Mariahilfer Straße. In diesem kleinen Park. Wie heißt er, Wertheimpark? Nur so ein Dreieck mit ein paar Sträuchern und Bäumen. Geregnet hat es auch. Auf einmal zieht er diese Ringe heraus, steckt sie uns an. Ob er gepasst hat, so etwas spielte damals keine Rolle. Außerdem hat er die Ringe ja nicht gekauft. Die hat er sich ausgeborgt. Einfach genommen. Aus dem Kästchen seiner Mutter. Das waren ihre alten Verlobungsringe!

Als wir die Heirat geplant haben, hab ich gesagt, da muss ich mir aber ein Kleid ausborgen. Kommt nicht in Frage, hat er gesagt, ausborgen. Zu einer Hochzeit. Ich hab da einen Stoff, aus dem lässt du dir ein Kostüm machen. Wirklich hat er mir dann den Stoff mitgebracht. Ein Ballen, in Papier eingeschlagen. Der Stoff war kamelfarben. Er hat sich ganz weich und samtig angefühlt. Der Stoff war aus Italien, er hatte ihn eigentlich jemand anderem mitgebracht. Seiner Mutter. Er hat ihn ohne zu fragen wieder aus ihrer Lade genommen. Ich bin damit zu einer Schneiderin, die hat gesagt: Daraus kann man kein Kleid machen. Das ist ein Futterstoff. Ein Stoff für Unterfütterung, und der hält keine Form. Aber sie hat es dann doch gemacht, hat ihn verstärkt, noch eine Lage Vlies darunter eingenäht. Das Kostüm habe ich getragen bei der Hochzeit, und noch Jahre danach.

Im Zubau bei der Mutter, da sind wir immer durchgeflogen. Da sind zwei Bretter lose unter dem Strohsack gelegen. Die Bretter haben sich im Rahmen oft verschoben und wir sind mit dem Strohsack durchgefallen. Die Mutter hat dann an die Wand geklopft. Wir haben einfach am Boden weitergeschlafen. Am nächsten Tag, wenn Leo in der Arbeit war, musste ich dann den schweren Strohsack wegziehen und die Bretter wieder richten. Es muss schon Abstand geben, der Strohsack muss ja durchlüftet werden. Aber der Abstand ist viel zu groß gewesen. Das Bett haben wir so geschenkt bekommen, bloß ein Rahmen, ohne Einsatz oder Matratzen. Ich habe gleich gesehen, da ist Wanzenschiss drauf. Ich kenne das. Ich weiß, wie das aussieht. Da hab ich Leo klargemacht, bevor wir das reinstellen, muss es unbedingt mit Petroleum gereinigt werden, sonst haben wir die Wanzen drin, die kriegen wir nie wieder raus. Das hat Leo auch gemacht. Er hat den Kopf- und Fußteil vom Rahmen abgesägt und als Bretter in den Rahmen eingelegt. Dann hat er alles mit Petroleum gewaschen und eingelassen, und wirklich, da war dann nichts mehr. Nur diese Bretter sind verrutscht, wenn wir zu leidenschaftlich waren.

Als wir dann in diese Wohnung eingezogen sind, hatten wir nicht einmal ein Bett. Wir haben im Kabinett auf dem Boden geschlafen. Erst später haben wir zwei Stahlrohreinsätze geschenkt bekommen. Aber wir hatten kein Geld, dass wir uns Matratzen besorgen. Oder Holz kaufen für einen Rahmen. Da bin ich zur Caritas gegangen. Die haben damals Kleinkredite vergeben, nach dem Krieg. Die haben mich gefragt: Haben Sie einen Bürgen? Einen Bürgen?, habe ich gesagt, natürlich habe ich keinen Bürgen. Woher soll ich einen Bürgen nehmen. Da haben sie gesagt: Tut uns leid, aber dann können wir Ihnen nicht helfen. Da habe ich von einer Organisation gehört, Mitmensch in Not. Die haben auch Kleinkredite vergeben. Auch ohne Bürgen. Es waren ohnehin winzige Summen. Und das haben wir dann abbezahlt, ein Jahr lang. Jeden Monat ein paar Groschen. So hatten wir ein erstes Bett mit Stahlrohreinsätzen und richtig gut gewebtem Drahtnetz.

Als wir damals die Wohnung angeboten bekommen haben, habe ich gedacht, das wird wieder nichts. Das ist so weit von seiner Mutter und von seinem Arbeitsplatz, am anderen Ende von der Stadt. Aber dann sind wir hergefahren, um die Wohnung zumindest anzusehen, und auf dem Weg von der Station, da hat er auf einmal diesen Blick gehabt, die Aussicht auf den Berg. Da ist er plötzlich stehen geblieben und hat gesagt: Schön! Das ist schön! Dann sind wir in die Wohnung hier gekommen, die war natürlich ganz leer, und haben alles angesehen, und ich habe solche Angst gehabt, dass nichts draus wird, dass er Nein sagt und wir bei der Mutter bleiben müssen, aber dann ist er zum Fenster getreten und hat wieder diesen Blick auf den Berg gesehen, und die Ruhe hier, die Gärten, die Sonne und den Frieden, und da hat er einfach gesagt: Schön! Das ist schön! Das nehmen wir.

Es war eine weite Fahrt für ihn. Um sieben hat die Arbeit in der Prüfanstalt begonnen. Er musste durch die ganze Stadt, in überfüllten Straßenbahnen. Die Menschen hingen in Trauben an den Plattformen, sind am Trittbrett mitgefahren, über die Brücke, über den Fluss. Die ganze Fahrt im Freien angeklammert. Im Winter war das eisig kalt. Ich bin immer mit ihm aufgestanden. Zehn vor fünf. Um halb sechs bin ich mit ihm weggegangen. Ich bin den halben Weg mit ihm gegangen. Bis zum Milchgeschäft. Dort war ich immer die Erste. Da ist die Milch frisch angekommen, in den großen Alukannen von der Molkerei. Die Verkäuferin hat die Kanne aufgemacht, den Bügel weg, den Deckel zurückgeschlagen, dann hat sie den großen Schöpfer genommen und ist nicht tief hinein, sondern hat nur so flach abgeschöpft. Hat gar nicht umgerührt, sondern nur von oben weggenommen und mir ganz viel vom süßen Rahm gegeben. Sie hat gewusst, dass ich zu Hause kleine Kinder hab. Ich hab so viel vom Obers, vom süßen Rahm bekommen!

Aber als er nach der Lungentuberkulose auf Genesungsurlaub war, da haben wir noch einmal auf dem Boden geschlafen. Da ist er in der Nacht heimlich zu mir gekommen. Die Einsätze haben so einen Lärm gemacht. Die haben so gequietscht. Da haben wir die Matratze genommen und uns auf den Boden gelegt. Die Bäuerin, bei der ich einquartiert war, hat das trotzdem mitgekriegt, dass jemand in der Nacht bei mir war, und das war ihr gar nicht recht. Am nächsten Morgen hat sie beim Frühstück ein finsteres Gesicht gemacht und mich nicht mehr angeschaut. Bis ich ihr das Foto gezeigt habe, das habe ich zum Glück mitgehabt. Oder hab ich es sicherheitshalber eingesteckt? Wahrscheinlich. Weil mir war das ja auch peinlich. Das habe ich ihr gezeigt, und auf einmal war sie wieder freundlich und hat gefragt nach den Kindern und ihren Namen und wie alt sie sind. Aber am nächsten Tag sind wir doch in den Wald gegangen. In der Natur ist es immer noch am schönsten!

Später ist es dann seltener geworden. Aber bis sechzig jeden Tag. Und als ich ihm gesagt habe, dass ich ihn nicht besuchen könne, wegen der Kinder, als er ein paar Jahre später mehrere Wochen auf Kur war wegen der Pankreas, da hat er gesagt: Dann such ich mir eine andere. Das hab ich natürlich nicht sehr nett gefunden. Aber ich hab das ernst genommen und bin hingefahren und hab mich in der Nähe einquartiert. Er ist dann in der Nacht durch das Fenster aus seinem Zimmer gestiegen. Hat ein paar Polster unter der Decke hingelegt, als ob jemand dort liegen würde. Wenn sie draufgekommen wären, wäre er rausgeflogen. Das war sehr streng, strikte Erholung. Ich hab mich ja erholt, hat er gesagt, bei dir! Nur hat man dann im Schnee die Spur gesehen. Die Fußstapfen, die weg von seinem Fenster führen. Am nächsten Morgen ist er durch die Tür zurück, durch den Haupteingang. Da hat er den Portier bestochen.

Wenn alles getan war, alle Kinder im Bett, und wenn ich dann abends fertig war, die Küche geputzt und alles vorbereitet für den nächsten Tag, wenn er gewaschen und schon im Bett war, bin ich als Letzte noch ins Bad. Wenn ich dann endlich zu Bett hab gehen können, müde und erschöpft nach einem langen Tag voll Arbeit, dann ist er da dagelegen und hat gewartet. Hat gewartet auf mich. So: mit ausgebreiteten Armen.

Übern See

Er kleckert herum, findet mit dem Löffel nicht mehr in den Mund, die Suppe tropft ihm vom Kinn, Lauch zwischen den Lippen, als wäre er eben aufgetaucht, Algen auf dem Kopf, wie er es früher gern getan hat: Tief tauchte er ab, weit hinaus, beim ersten Sprung ins Wasser, nein, vorsichtig ging er hinein, kühlte sich ab, und dann, ein tiefes Atemholen, welches Volumen! Irgendwo weit draußen tauchte er wieder auf, nach langen, bangen Minuten, nein, Sekunden, in denen wir Kinder am Ufer zusammenliefen und versuchten, seine Tempi mitzudenken, die Hälse und die Köpfe reckten, starr und schreckensbleich und stumm, und dann ein Seufzer, wogendes Ausatmen, und peinlich berührt wandten wir uns ab, verschämt das Gesicht zu Boden, wenn er dort, mitten im See, mit Algen auf dem Kopf, auftauchte, sich im Wasser auf den Rücken drehte, zurück zum Ufer wandte und weithin hörbar juchzte oder jodelte!

Aber ein verschämtes Lächeln huschte uns auch über das Gesicht, wir blinzelten uns zu und spielten mit den Steinen am Strand unter den Weiden mit den silbrigen Blättern, die leise fächerten im leichten Wind an grünen und orangen Zweigen aus dem knorrigen Strunk, schlank und zart, schmiegsam und elastisch, mit leichten Knoten, dort wo das Knospen war. Dann tauchte er wieder, sank in die Tiefe ab, war lange nicht zu sehen, während wir, diesmal nicht mehr so bange wie beim ersten

Mal, am Ufer in den Kieseln kratzten, mit den Zehen Stücke von schwammig leichtem Schwemmholz aufklaubten, einen Ast, einen besonders flachen runden Stein, eine Steinscheibe, klein wie ein Fingernagel oder groß wie der Teller einer Hand, und auf das leise Plätschern der Wellen lauschten, die hier in Sand und Kies am Ufer nagten.

Dann tauchte er auf, schoss jäh hervor, ein weißer Kopf, ein mächtiger Finnwal, stand lachend da, die Schnittstelle von Wasser und Brust gerade an den Brustwarzen, stand mit Algen auf dem Kopf, wie er jetzt triefend in der Suppe löffelt, prustend und blasend, stieß seinen Blas aus und sah mir tief in die Augen, ohne was zu sagen, stieg tastend, balancierend auf den Felsen und aus dem Fluss. Zieh dir doch den Suppenteller näher!, schlage ich vor und schiebe ihm den Teller näher an die Brust, während er mit ungelenker Hand den Löffel wackelig zum Mund führt, als träfe er nicht Teller mehr noch Mund. Die Verbindungen werden schwierig, die Linien sind nicht mehr gerade und sicher geführt, diffus und lapidar wie bei einem Säugling, der sich erst im Begreifen übt.

Erinnerst du dich, wie du damals über den See geschwommen bist, dem Fährboot hinterher, oder voraus, wir im Boot, aber du wolltest schwimmen und das Geld sparen? Mit dem Schnitt in der Hand? Als du beim Abstieg vom Mittagskogel auf dem Steig dich mit der Hand aufgestützt hast auf einem spitzen Felsen, und mit einer Drehung herabgesprungen bist, rund um den Felsen, und dir beim Aufstützen die Hand in den Stein gedreht hast? Dieser Schnitt? Wie das geblutet hat? Und du bist im Kraut herumgekrochen und hast Blätter gesucht, von einer blutstillenden Pflanze, und dir gegen die Wunde gepresst? Und bist so hinuntergesprungen, das Blatt mit einer Hand gegen die Wunde in der anderen gepresst, den ganzen Berg? Und dann haben wir Auto gestoppt, damit wir noch den Zug erreichen, und du bist, nach diesem langen, heißen Tag mit Aufstehen im Morgengrauen und Busfahrt und Zugfahrt und dieser mächtigen Bergtour dann in der Abenddämmerung noch über den stillen See geschwommen? Ich wäre ersoffen, aber du bist, mit dem Schnitt in der Hand, noch über den ganzen See?

Mein Vater murmelt und schiebt den Teller weg von sich, der Teller ist leer, er klopft gegen den Rand und sieht meine Mutter an, Suppe und Lauch überall, rundum angespritzt und grün und milchig auf Weste und Tischtuch und meine Mutter sagt, du willst noch? Natürlich, es kommt gleich, und er sagt: Hunger, und klopft mit dem Löffel gegen den Rand.

Mein Vater ist ein Greis, er ist knochig geworden, die Wangen eingefallen, hängen über den Backenknochen, die Lippen blau und violett, die Ohren schlaff, das dünne weiße Haar hängt in Fetzen, der Schädel springt darunter hervor, hyänenhaft oder geierhaft oder adlerhaft, aber ohne Schnabel, die Augen klein, wie sie immer waren, rätselhaft. Ich werde ihn nie verstehen, diese Geheimnisse, diese Tiefen, was mühe ich mich ab, er kleckert mit der Suppe, sinkt um, sobald er gegessen hat, richtet sich wieder auf, langsam holt der Arm aus, schwenkt zitternd hinüber, steuert etwas an, wie ein Kranfahrer aus der Tiefe seines Inneren steuert er zur Tischmitte, schwenkt seitlich, von einer Mitte aus der Brust, schiebt sich näher, senkt seinen Arm herab, greift mit schwerfälliger Fingerzange, führt zum Mund, schleppt, zieht, ich gebe einen kleinen Schubs, helfe nach, strecke mich über den Tisch, schiebe die Salatschüssel ein bisschen näher an ihn heran, damit das Kraut nicht zwischen Brust und Schüssel auf den Tisch fällt: Erinnerst du dich?, frage ich, damals am See?

Er schmatzt, kaut Kraut, mampft, wühlt langsam mit der Gabel, gut, nickt er bedächtig zu meiner Mutter hin, er sieht sie an, so etwas wie Anerkennung in seinem winzigen Blick, ein flüchtiger Moment der Wahrnehmung, unbestimmt, und sie lacht und freut sich, das ist schön, dass es dir schmeckt! Das ist ein zartes italienisches Jungkraut, sagt sie, schon mehr für sich oder zu mir hin, als mein Vater sich wieder der Schüssel zuwendet, und sein Blick müde die Nachricht von der Stirn an seine Hand zu schicken sucht, der Steuermann schläft, nickt über dem Steuer ein, der Masttop schwankt, kein Ruf, das Meer in schwerer, flacher Dünung, schaukelnd treibt der Tisch, eine riesige Plattform in der Unendlichkeit, das Wohnzimmer unsere Kajüte, Kombüse, und ich sage, nachdenklich, vor mich hin: Ich wäre ersoffen. Nach dieser Wanderung, nach dieser Tour, nach so einer gewaltigen Anstrengung noch über den ganzen See zu schwimmen! Das würde ich nie schaffen!

Das sind die Lungen. Und das Herz. Er hat solche Lungen!, sagt meine Mutter und macht große Augen. Sie sieht ihn an, doch er sagt nichts. Zuckt nicht einmal die Achseln. Überhört uns, oder hört uns nicht. Treibt stumm und still, liegt seitwärts, bläst und prustet über die Suppe, fingert langsam etwas aus dem Mund, zwischen den Zähnen hervor, schiebt mit der Zunge über die Lippen, mit der anderen Hand, während die Löffelhand ruht, tastet er, was treibt da, was schwimmt da, fragt er fast böse, ein Stück Holz? Wie kommt ein Holz in meine Suppe?

Das wird kein Holz sein, sagt meine Mutter ratlos, das kann höchstens – Mein Vater reicht ihr stumm und fragend, ein wenig vorwurfsvoll, das kleine Ding hinüber. Da kann mir höchstens ein Stück vom Rosmarinzweig hineingefallen sein, sagt sie verwundert, nachdem sie es betrachtet und zwischen den Fingern gedreht hat, und mein Vater, der Pottwal, wendet sich wieder dem Löffel zu, als schaue er, was sonst noch alles in der Suppe schwimmt, taucht ab. Du bist neben dem Boot her geschwommen, am Abend, über den ganzen See, sage ich und schüttle den Kopf. Aber er reagiert nicht, ist verloren in seinen fernen, weiten Welten, in irgendeinem Ozean, bis zu dreitausend Meter tauchen Wale ab und kämpfen dort mit den Kalmaren, man fand Saugknopfabdrücke an ihrer Haut, und in ihren Därmen, die bis zu 250 Meter lang sein können, immer wieder Teile von Fangarmen. Die müssen gekämpft haben, obwohl der Kiefer der Pottwale lang und schmal und nur unten mit Zähnen besetzt ist, beißen kann er kaum noch, oben sind statt Zähnen nur Höhlungen im Kiefer sichtbar.

Mit einer langsamen Bewegung schiebt er das Bierglas meiner Mutter zu. Was ist damit?, fragt sie. Für dich, sagt er. Willst du nicht mehr? Und er schüttelt ganz wenig den Kopf, gerade noch erkennbar. Hast du genug? Er braucht nicht mehr so viel, sagt sie zu mir. Wir haben begonnen, über ihn zu sprechen wie über einen Abwesenden, in der dritten Person, aber er ist da, hört zu, auch wenn er nicht reagiert und man nicht weiß, hört er, versteht er, was wir reden? Und im nächsten Moment spricht er klar und deutlich etwas aus, stellt eine Frage, antwortet gleichmütig mit einem Satz, zerstreut oder in einem seltsamen Ton von Aggressivität, während die Geste dahinter an Kraft verliert, und damit an Glaubhaftigkeit. Und doch droht er, hat etwas Warnendes im Ton. Ich hab so etwas nie gebraucht, murmelt er, und meine Mutter fragt: Wovon redest du? Was meinst du? Er reagiert nicht, aber eine Weile später sagt er, als hätte die Nachricht ihn erst jetzt erreicht, freundlich: Du hast mich was gefragt? Und ohne eine Antwort abzuwarten, schon wieder im Vergessenen: Der hat mich nicht gestört, der Schnitt. Der See, das Wasser war ja rein.

Was macht er jetzt?, denke ich. Er legt den Löffel achtsam neben den Teller auf das Tischtuch, der Kopf steuert wie eine Kamera, zoomt auf den Platz, tastet, fingert, lässt den Löffel los, eine Hand wandert hinüber, die andere kommt hervor, hebt sich über die Tischplatte, streckt sich, parallel geführt fahren jetzt die Arme aus, schieben sich vorwärts, schwebend über dem Tisch, halten in der Mitte, senken sich herab, und nehmen, wie zwei Hände, die ein kleines Kind nehmen, die Ohren in den Schalen der Hand, und ziehen an sich, an die Brust, seine Wangen, seinen kleinen Kopf, zärtlich und kosend, die Salatschüssel heran, lösen sie langsam vom Tisch, führen sie hoch, während der Kopf sich aus dem Genick ein wenig reckt, hinabstreckt, der Schüssel entgegen, und die Lippen sich wölben, der Mund sich formt wie zum Kuss auf die Stirn des Kinds, auf seine Wange, seinen Mund, nehmen die Salatschüssel, setzen sie an die Lippen, wir sind verstummt, meine Mutter und ich, beobachten ihn, was tut er, schafft er es, und da wandern kurz seine Augen hinüber zu den ihren und wieder zurück, während er die Schüssel langsam ansetzt und ein wenig trinkt.

Man sieht nicht den Schluck, ich sehe nicht, wie die Flüssigkeit in seinen Mund rinnt und in ihm hinab. Gut, sagt er, und meine Mutter beeilt sich und lacht und sagt, blinzelnd, verschmitzt zu mir: Ich hab Wein hineingetan! Beim Kochen! Das macht den guten Geschmack!

Es hat ja nicht mehr geblutet, sagt er. Ich meine die Wunde. Im Wasser. Er nickt langsam, als sei das alles ganz selbstverständlich. Müde hängt der Kopf. Er sieht mich nicht an. Ich sehe zu ihm hinüber. Will ihn streicheln, ihm die Hand auf den Arm legen. Das Flanellhemd. Die Hosenträger. Meine Mutter wischt ihm mit der Serviette über das Hemd. Komm, lass mich dir das abwischen, sagt sie, du hast dich da ein wenig angepatzt!

Er lässt es wortlos geschehen, das Kinn auf der Brust, wie ohne Absicht hinzusehen. Dann hebt er den Kopf, lächelt. Sieht mich an. Ganz ruhig und wach für einen Moment, schüttelt er den Kopf und sagt nur klar und deutlich diesen Satz, mit seltsamer Präzision: Die Wunde hat mich beim Schwimmen nicht gestört!

Stuhl

Karla hat uns gestern abgeholt. Sie ist so lieb. Sie hat ja noch immer ihren alten Mercedes. Einmal im Monat ruft sie an und fragt: Wollt ihr wo hin? Und dann führt sie uns raus. Aber sie ist ja auch schon über achtzig. Lange geht es nicht mehr. Beim Fahren merkt man schon eine gewisse Unsicherheit. Sie hat uns zum Lindmayer mitgenommen. Dieses Fischrestaurant. An der Donau. Unten, bei der Pagode. Gleich unterhalb. Oder oberhalb. Man kann dort so schön sitzen, direkt am Wasser. Nun, Fluss kann man nicht mehr sagen, es ist ja gestaut. Aber die Schiffe fahren so nahe vorbei. Vor den Fenstern. Und im Sommer kann man draußen sitzen, da ist es noch schöner. Unter den Aubäumen. Unter den Schwarz- und Silberpappeln.

Wir haben gut gegessen, Suppe, und Zander, den essen wir dort immer, der ist köstlich. Und dann hat Leo noch einen Kaffee getrunken. Und plötzlich sagt er zu mir, du, ich glaube – Und ich habe noch gesagt, soll ich dich begleiten? Soll ich dir nicht helfen? Und er: Nein! Ich kann das! – Du kennst ihn ja. Und dann, ja, dann ist er nicht mehr zurückgekommen, so lange, dass ich unruhig geworden bin. Und ich bin nachschauen gegangen. Bin in das Männerklo hinein, und, nun ja, da hab ich es schon gerochen. Ich hab gefragt, Leo, ist dir was passiert, nicht? Ist was schiefgegangen? Und er war drinnen, in einer Zelle, und ich hab ihn gehört, wie er sagt: Ja. Und ich hab gesagt, mach auf, ich helfe dir. Und dann hab ich gesehen, also –

die Hose war voll. Innen und außen. Die Schuhe. Der Boden. Alles. Und es hat gestunken.

Er hat es nicht mehr geschafft. Er wackelt ja so dahin. Er ist zu langsam gewesen, und da ist es in die Hose gegangen. Er braucht auch so lange, bis er das alles ausgezogen hat und sich niedersetzt. Da muss es passiert sein. Innen und außen.

Wir haben das abgewischt, so gut es ging. Ich habe diese Handtrockenpapiere nass gemacht, ich habe das ganze Handtrockenpapier aufgebraucht und damit alles abgewischt, trocken und feucht. Aber die Hose war voll. Die Unterhose zieh aus, hab ich ihm gesagt, die haben wir in den Abfallbehälter geworfen. Dann haben wir die Hose geputzt, so gut es ging. Aber da war nichts mehr zu machen. Die Schuhe hab ich ihm abgeputzt. Ich bin zu Karla zurück und habe ihr gesagt, was passiert ist. Wir sind sofort nach Hause gefahren. Ins Lokal konnte er nicht mehr zurück. Ich hab dem Kellner zwanzig Euro gegeben und ihm gesagt, dass jemand noch putzen muss auf der Toilette. Er war ganz verständnisvoll und freundlich. Er hat ja nicht gesehen, wie es dort aussieht.

Und dann sind wir heimgefahren. Wir haben ihn ins Auto gesetzt und Karla hat eine Plastikplane aufgebreitet und Zeitungen für die Schuhe, sie war ganz lieb und hat gesagt, das kann passieren. Dann haben wir ihn hineingesetzt. Und dann sind wir los. Wir haben alle Fenster aufgemacht. Es war fast nicht zum Aushalten. So hat es gestunken. Es ist uns fast übel geworden. Wir waren alle wie benommen. Es ist ihm auch nicht gut gegangen. Das war der Schock, dass ihm das passiert ist. Jetzt ist es schon das vierte Mal. Drei Mal zu Hause. So können wir nicht weggehen. Nimm doch die Windel!, sage ich zu ihm. Aber er sagt: Nein!

Nur einmal hat er sie angezogen, nachdem es ihm daheim passiert ist. Aber dann hab ich sie im Klo auf dem Boden gefunden. Da hat er sie einfach hingeworfen. Liegen lassen. Er zieht keine Windeln an. Die Windeln, die ich ihm hinlege, stößt er einfach weg. Ich schaffe es nicht mehr. Das geht nicht mehr. Das ist so ein Egoismus. Ich habe dann die ganze Arbeit.

Wir sind mit Karla nach Haus, und Karla war so lieb, und ich hab mich entschuldigt, und sie hat gesagt, aber geh, das kann passieren. Ihr Auto muss noch tagelang gestunken haben. Trotz der offenen Fenster und diesem Geruchsbäumchen, das sie vom Rückspiegel baumeln hat. Da muss sie zwanzig Geruchsbäumchen reinhängen, damit sie diesen Gestank je wieder loswird!

Zu Hause haben wir gleich alles ausgezogen. Ich habe alles in der Badewanne erst gespült. Den Stuhl zuerst abgewaschen von der Hose, von den Schuhen, von den Socken und vom Hemd. Dann alles in die Waschmaschine. Zum Glück hab ich ihm ja solche Hosen gekauft, die man waschen kann. Aber das ist so eine Plagerei. Wir waren beide ganz erschöpft. Er auch. Er war ja deprimiert. Aber die Windeln wird er auch weiterhin nicht nehmen.

Ich hab ihm dann in die Badewanne geholfen, als alles gesäubert war, damit er sich duschen kann. Dann lässt er sich Wasser ein und sitzt gerne lange im Bad. Ich war in der Waschküche und hab noch einiges erledigt. Als ich zurückkomme, sitzt er noch immer in der Badewanne. Ich sage, ja Leo, wo bist du! Wieso sitzt du immer noch im Bad! Und er sagt: Ich komm nicht heraus. Ich schaff es nicht.

Ich habe versucht, ihn herauszuheben, wir haben es gemeinsam probiert, aber es ging nicht. Ich habe ihm schon früher manchmal geholfen, aber diesmal konnten wir es zusammen auch nicht mehr. Er war so schwach. Ich habe nicht mehr gewusst, was ich jetzt tun soll. Dann hatte ich eine Idee. Ich hab sein Zeichenbrett aus dem Kabinett geholt, das haben wir quer über die Badewanne gelegt, in seinem Rücken, darauf hat er sich dann abgestützt und so konnte er sich schließlich an der Dusche hochziehen. Ich habe Angst, dass er das alles einmal herausreißt oder abbricht. Auf dem Waschbecken stützt er sich auch auf, ohne dem geht es nicht.

Zwei Stunden ist er in der Badewanne gesessen. Es ist jetzt der Punkt erreicht, wo ich nicht mehr weiß, ob sich das noch lohnt. Er hat die Schmerzen in den Beinen, und er schläft so viel. Er wacht auf, sieht ein bisschen fern, du weißt, diese Landschaftsbilder, die gefallen uns, wo die Kameras nur die Landschaft zeigen, jeden Tag ist es eine andere Kamera und ein anderer Ort, Panorama, das schwenkt so darüber hin, man sieht die Berge und wie es täglich anders ist, bei Nebel oder Schnee, mal grau, mal licht, bei Sonne und bei Regen. Da freuen wir uns, ich mache ihm ein Frühstück, jetzt auch immer mit einem weichen Ei, das hat er gern, aber ein, zwei Stunden später legt er sich schon wieder hin. Vormittags schläft er immer, bis zum Mittagessen, und nachher wieder, und abends wird er so schnell müde. Man kann fast nichts mehr machen. Und ich spür, ich bin an meinen Grenzen. Ich schaffe es nicht mehr.

Wenn es einmal so weit ist, gehe ich ins Altersheim. Mit Karla und mit Hilde. Hilde ist schon angemeldet auf einen Platz, draußen im Wald vor Wien. Ganz schön. Wir haben unlängst eine Führung dort gemacht. Man kann kleine Wohneinheiten mieten, bis zu drei Zimmer. Hunde sind erlaubt bis zu einer bestimmten Größe. Kleine Haustiere. Und man hat alles dabei. Ärztliche Betreuung, ich muss nicht mehr kochen, und wir machen uns eine vergnügte Zeit zu dritt.

Sie wirkt erschöpft. Müde sitzt sie dort. Der linke Unterarm liegt auf der Tischplatte. Sie hebt den Kopf, blickt vor sich hin. Nun ja, sagt sie.

Blütenschnee

Blödsinn, sagt er. Hinausgehen! Ich setz mich nicht in diesen blöden Rollwagen! Aber was denn! Und, leiser, verdächtig freundlich: Ich möchte mich jetzt mal ein bisschen hinlegen, wenn es euch recht ist!

Er stützt eine Hand an der Tischplatte ab, lässt sich schwach in die Polster sinken, schließt die Augen, dreht sich zur Wand. Wir sehen uns an, meine Mutter und ich, sie lässt die Schultern fallen, seufzt, wendet sich ab, verlässt das Zimmer. Das war es also wieder. Wieder ein Versuch fehlgeschlagen. Ich stehe leise auf. Gehe hinaus zu ihr in die Küche. Setze mich hinter den Küchentisch, während sie das Geschirr in die Spüle räumt, Töpfe ausputzt, Wasser einlaufen lässt, Abfälle in den Mist wirft. Erste Ausfahrt!, hatte meine Mutter am Telefon gesagt. Wenn du kommen kannst. Wir könnten es nach dem Essen probieren. Und zu ihm, mit Bestimmung und Entschiedenheit: Heute ist erste Ausfahrt! Er kommt, wir führen dich spazieren!

Aber als ich dann da bin, lehnt mein Vater ab. Dabei wäre es draußen so schön, es würde ihm so guttun, sagt meine Mutter deprimiert. Er will es nicht einsehen, sagt sie, das war schon immer so. Was nicht er entscheidet, kann er nicht akzeptieren. Er kann es nicht einsehen und nicht annehmen. Die Frage ist, wie wir ihn da hinüberbringen, über diesen Moment. Wenn er einmal drinsitzt, in diesem Wagen, ist er ohnehin froh. Es wäre so wichtig, dass er hinauskommt. Er kann doch nicht den ganzen Tag in der Wohnung sitzen bleiben! Er tut so, als ob ihm das genug sei, sagt sie, während sie die Teller im Spülbecken schwemmt. Es ist doch unbedingt notwendig, dass er ein bisschen in die Sonne kommt, die frische Luft, das wäre so gut für seinen Blutkreislauf! Und dass er ein bisschen Abwechslung hat! Man kann ja nicht den ganzen Tag auf der Fensterbank oder vor dem Fernseher verbringen, sagt sie bedrückt. Auch wenn er behauptet, dass der Ausblick so schön ist. Aber ich fürchte, es klappt wieder nicht. Du siehst ja, wie er sich gleich wieder hinlegt. Dabei blüht jetzt bald alles! Ich möchte unbedingt, dass wir eine Runde gehen. Vielleicht, nachdem er ein bisschen geschlafen hat. Wir stellen einfach den Rollwagen hinaus und ziehen ihn an, und dann muss er mitkommen! Wir müssen ihn überrumpeln. Aber er muss es selber auch wollen. Er ist ja froh, wenn er einmal draußen ist. Er ist so stur. Er hält es einfach nicht aus, auf andere angewiesen zu sein. Und dann die Nachbarn, wenn sie ihn sehen. Er schämt sich so.

Als wir dann vor dem Haus sind und weggehen, winkt eine Frau aus dem dritten Stock. Offenes Fenster, sie applaudiert, ruft: Bravo! Gratuliere! – Wer ist das, frage ich erschrocken meine Mutter, während ich meinen Vater im Rollwagen vor mir her stoße, rasch um die Ecke, aber da stößt er plötzlich einen Jauchzer aus, lässt seine Anspannung los, so wie er früher, zu unserer Verlegenheit, gejauchzt hat in der Mitte vom Fluss oder mitten im Gedränge am Flughafen, in Bahnhofshallen, wo wir einander suchten in der Menge, der eine, um den anderen abzuholen. Mein Vater hat seinen Übermut wiedergefunden!

Ich klopfe ihm von hinten auf die Schulter, spüre kaum Widerstand unter der Jacke, und meine Mutter lacht mit glänzenden Augen. Nicht so schnell! Nicht so schnell, ruft mein Vater, als wir froh ausschreiten, und er alles auf sich einstürzen sieht, so ausgeliefert in seinem Wagen, den er nicht steuern kann, so ungeschützt wird er da in die Welt hineingestoßen. So gehen wir doch immer, sagt meine Mutter, ist das schnell? Aber ich verlangsame, ruhig gehen wir dahin, mein Vater kann die Steine vor sich auf dem Asphalt erkennen. Wo gehen wir jetzt hin? Ist es dir nicht zu anstrengend, fragt er besorgt, und ich lache, aber wo! – Plag dich doch nicht, ruft er, und ich: Aber ich plag mich doch nicht! – Und er, einlenkend: Aber es muss nicht so rasch gehen! – Und ich verwundert: Ist es noch immer zu schnell? – Und er, schließlich froh, sucht nach Worten, aber es fällt ihm nichts mehr ein, es gibt nichts zu sagen, und meine Mutter lacht: Wir könnten etwas singen! Die Rampe über die Autobahn überrascht mich. Ich muss mich hinter den Rollstuhl klemmen, der mit den drehbaren Vorderrädern zur Seite hin ausbricht, ich stemme ihn hinauf, es geht mühsam aufwärts, er ist doch noch schwerer als vermutet.

Es war schwierig, meinen Vater aus der Wohnung zu kriegen, und doch ging es dann ganz leicht. Plötzlich, ich wollte eben gehen, sagte, es ist Zeit, fünf Uhr vorbei, ich will noch heimkommen, bevor es dunkel wird, mein Dynamo ist kaputt, ich fahre dann. Wollte mich verabschieden, da brach das Licht herein, die Sonne hervor hinter einer Wolkenbank im Westen, die sich am Nachmittag ausgebreitet hatte, während mein Vater eingeschlafen war. Aber nun war der Himmel wieder frei, das Sonnenlicht fiel flach herein, und es war Frühlingsstimmung und Frühlingslicht in der Luft, dieses flaumig-zarte, blütenweiche Licht, ein Frühlingsschimmer, ein Glitzern am Himmel hoch oben, wo die Flieger ihre Kondensstreifen stehen lassen, kreuz und quer, eine Schraffur, in Wölkchen aufgelöst. Meine Mutter hatte das Fenster geöffnet, die Amseln sangen, und sie rief: Komm! Gehen wir! Wenn er schon da ist und uns helfen kann!

Und mein Vater, verdächtig zuvorkommend: Aber er muss ja schon gehen, er will schon fahren! Musst du nicht schon weg?

Und ich: Wenn wir noch eine Runde gehen, dann bleibe ich! Dann ist mir das egal! Und er: Ja, dann, das wäre, also gut – Und meine Mutter, sofort das aufgreifend, eilig zu meinem Vater: Dann stellt er den Rollwagen hinaus, und ich bringe warme Kleider! Etwas mehr musst du schon anziehen! Und sie lief um Kleidung, und ich lief um den Rollstuhl, bugsierte ihn aus dem Kabinett durch das Fernsehzimmer zum Vorraum, durch die Eingangstür, trug ihn über die Treppe einen Absatz ins Stiegenhaus hinab, stellte ihn dort ab, er rollte langsam gegen die Wand, krachte kreiselnd in die bronzegelben blechernen Postkästen, während ich zurücksprang, zwei Stufen auf einmal nehmend, in die Wohnung, hinter mir kam meine Mutter ins Wohnzimmer, Kleidung über dem Arm, als wir meinen Vater mühsam aufgestützt in der entferntesten Zimmerecke werken sahen.

Verwirrt murmelte er etwas von Kabeln und Licht, es schien, als würde er sich verbergen vor seinem Schrecken, mit dem Gesicht zur Wand etwas suchen, und wusste selbst nicht, was, warum geht denn das Licht nicht, rief er aufgebracht, und meine Mutter: Was brauchst du denn ein Licht jetzt! Und er, gereizt, nervös, riss an einem Kabel, warum geht das nicht! Und meine Mutter: Lass doch! Du brauchst doch jetzt kein Licht, wo wir weggehen! Aber die Lampe geht nicht, insistierte er in seinem Winkel, ich kann das Bild nicht sehen! Das wird nur ein Wackelkontakt sein, beruhigte meine Mutter ihn schließlich, und er ließ sich abführen, ich war einen Moment wie gebannt von seiner Angst in der Tür gestanden, jetzt löste ich mich langsam wieder, sie führte ihn zu einem Stuhl in der Mitte des Raums, er ließ sich nieder, wir zogen ihm die Sandalen an, die leichter über seine geschwollenen Füße gingen, ist es nicht zu kalt in dieser dünnen Hose?, sagte ich leise zu ihr, es musste alles rasch gehen, bevor er wieder zu Einwänden kam.

Du musst vorher noch auf die Toilette gehen, mahnte meine Mutter, und er nickte stumm und abwesend, ich spürte seine Angst und Beklemmung, sagte leise zu meiner Mutter, bring eine Decke, wir müssen eine Decke mitnehmen, es wird ihm kalt in der dünnen Hose, und sie, eine andere Hose über dem Arm, nickte, ich wollte ihm diese Hose noch drüber anziehen, aber sie verstand, ich stützte ihn, half ihm hoch, wir zogen ihm die Jacke über, was, noch eine? Wozu?, sagte er irritiert, und ich sagte rasch, es ist kalt draußen, wenn du sitzt, du bewegst dich ja nicht, da wird dir kalt! Und führte ihn, Schritt für Schritt, wackelig, klapprig, die Knie knickten ihm weg, wie der Körper in den Hüften einsackt, wie er die Stuhllehne loslässt und auf den Türstock hinzielt, mit einer Hand schon vorgestreckt, wie Kleinkinder, die zu laufen lernen, erste Schritte machen, die wieder letzte Schritte werden, so sehe ich, wie er hinzielt mit verschwommenem Blick und triefenden Augen, und ich weiß nicht, einen Moment wieder, wie oft, wenn ihm die Augen so fließen, es ist, als ob er weint.

Und dann gehen wir, singend und lachend, auf der Dammkrone dahin, fahren an der Imbisshütte vorbei, es ist zu spät, um sich da noch hineinzusetzen, der Wind bläst, die Luft ist plötzlich eisig, die Blütensträucher wie hingetupft, helle Töne im winterstruppigen Geräusch, ein beglückendes Schwingen, und mein Vater ruft, wie schön! Und da noch vor! Aber nicht weiter! Nur bis zur roten Brücke! Weiter nicht, sagt er bestimmt. Und ist es dir nicht zu anstrengend? Bemüh dich nicht so! Plag dich nicht, ruft er in den Wind, während ich schiebe und keuche und froh bin und stolz auf ihn, und als wir wieder zurückkommen, es war weniger als eine Stunde, sage ich: Ein kleiner Schritt für die Menschheit, aber ein großer Schritt für dich! Darauf müssen wir anstoßen, sagt meine Mutter und bringt Wein und Mineralwasser, und wir trinken den Gespritzten, den wir bei der Schilfhütte nicht mehr haben konnten, weil es zu spät war. Aber du musst jetzt noch heimfahren, sagt mein Vater schuldbewusst, in der Dunkelheit! Geht dein Licht?

Nein, sage ich, aber ich habe eine Stirnlampe. Außerdem bin ich so viele Male durch die Nacht geradelt ohne Licht! In meiner Kindheit! Unsere Lichter haben doch nie funktioniert! Wenn wir vom Garten heimgefahren sind. Stimmt nicht, ruft meine Mutter, auf Lichter haben wir geachtet! Und ich: Ihr habt uns in die Mitte genommen. Vorne einer, bei dem das Vorderlicht funktionierte, und hinten einer, der ein Rücklicht hatte. Stimmt das, fragt sie unsicher meinen Vater. Aber mein Vater brummt nur. Wenn er nicht will, dann hört er nicht. Und Rücklicht? Geht dein Rücklicht, fragt sie. Abgebrochen, sage ich, da blickt er erschrocken auf und sagt: Fahr langsam! Und ruf bitte an!

Wir heben die Gläser mit dem Gespritzten. Ich verstehe nicht ganz und frage: Was meinst du? Wen soll ich anrufen? Und meine Mutter, begütigend, zu mir: Ihn sollst du anrufen. Weil ich mir Sorgen mache, sagt er, und ich verspreche, sage: Ja, ich ruf dich an. Vorsichtig stoßen wir unsere Gläser aneinander, dieser schwingende Weingläserton, mit der schwankenden Flüssigkeit darin, und ich sehe meinen Vater an und sage: Gratulation. Das war vielleicht der größte Schritt in deinem Leben.

Ich bücke mich nach meinen Schuhen. Schnüre und binde. Also! Ich fahre dann, sage ich und weiche seinem Blick aus. Er streckt seine Hand aus, langsam, suchend, tastet er über dem Tisch nach der meinen. Sanft, leicht wie Papier, ich sehe die eingefallene, gelb verfärbte und bleiche Haut, die weißen wirren Härchen auf dem Handgelenk, am Unterarm das hochgerutschte Flanellhemd. Schön, dass du gekommen bist, sagt er bemüht und freundlich. Du kommst doch bald wieder?

Ich nicke. Ja, klar, sage ich. Er greift nach meiner Hand, hält sie fest. Bald neunzig Jahre. Stützt sich auf, hält sich am Tisch.

Vorgebeugt, schwer atmend sieht er mich an. Langsam formt er die Lippen und rückt den Kopf mir entgegen. Ich neige mich zu ihm. Er ist kleiner geworden. Der Körper krümmt sich, schrumpft im Alter. Die Muskulatur erschlafft, hält ihn nicht mehr gerade aufrecht. Ich streiche ihm übers Kinn, als ich sehe, er ist so schlecht rasiert. Weiße Haare stehen ihm da und dort von Kinn und Wange, am Hals hat er ein paar Barthaare übersehen, die ringeln sich und kräuseln sich, stehen wirr aus der faltigen und runzligen Haut. Er spitzt die Lippen, hält sich an meiner Schulter fest, gibt mir einen feuchten Kuss. Ich lache und wische mir mit dem Handrücken über den Mund.

Als ich die Rampe hinaufradle, die über die Autobahn führt, treibt es weiße Flocken in meinen Lichtkegel. Schneit es? Ich erinnere mich, der Wetterbericht hat einen Umschwung vorausgesagt, ein paar kalte und wechselhafte Tage mit Schneefall bis in alpine Tallagen herab. Aber jetzt schon? Kommt er schon diese Nacht? Tatsächlich ist die Luft angenehm kühl, frisch, aber nicht kalt, über mir glitzern die Sterne, der Mond steht milchig am nächtlichen Himmel, ich fahre auf ihn zu. Vor mir liegt das Licht über der Stadt wie eine helle Glocke, aber rund um mich Schwärze, finstere, fast tintig flüssige Nacht. Und endlich begreife ich, was da aus dem Dunkel weht, in den Lichtkegel meiner Stirnlampe, wie Schneetreiben auf der Autobahn, das sind Blüten, die kleinen Blütenblätter von Weißdornsträuchern, die wir überall wie hingetupft gesehen haben.

Auf der roten Brücke halte ich an, knipse mein Licht aus und sehe mich um. In der Dunkelheit schwebt hoch oben am Berg das beleuchtete Kirchlein, und in der Schwärze stromaufwärts der beleuchtete Dom. Die Brücke schaukelt ganz leicht im Wind. Ich öffne meine Brusttasche, suche nach dem Telefon. Die Anzeige leuchtet still und blaugrün, als ich die Nummer meiner Eltern wähle. Meine Mutter hebt ab und ich höre ihre verwunderte und besorgte Stimme. Ich wollte nur sagen, wie schön es ist, rufe ich ins Telefon, es ist wunderschön, die Nacht ist wunderschön!

Wo bist du, ruft meine Mutter und ich lache und sage: Auf der roten Brücke! Und über mir glitzern die Sterne! Und in der Luft fliegen die Blüten wie Schnee! Ich höre meinen Vater im Hintergrund fragen und meine Mutter erklärt ihm, nein, er ist noch nicht daheim, er ist auf der Brücke, geduldig antwortet sie, auch auf seine gereizte Frage, warum ruft er dann an! Warum nicht, wenn er daheim ist! Die Nacht ist so schön, sagt sie, und ich höre meinen Vater aus dem Hintergrund des Zimmers: Er soll Acht geben! Hat er ein Licht?

Schon unterwegs

Als ich bei der Tür hereinkam, stand er mitten im Zimmer. Ich weiß nicht, wie er dorthin gekommen war, aber er stand da, vorgebeugt, die Arme schlaff herabhängend, nur leicht vorgestreckt, ein wenig schwankend, bemüht, sich aufrecht zu halten. Wie war er dorthin gekommen, da er sich doch allein, ohne Stütze, keinen Schritt vor oder zurück bewegen konnte! Er lächelte mir entgegen, blinzelte mit kleinen, verklebten Augen oben über seine Brillengläser, hob leicht die Hand, alle Bewegungen waren vorsichtig und unsicher geworden, die Zerbrechlichkeit in seinem ganzen Wesen.

Das bin nicht ich, das bin nicht ich, winkte er langsam. Der da, der da! – er deutete auf sich – ist ein anderer! Ich – ich bin schon unterwegs! Und er machte eine flüchtige, fächelnde Handbewegung in die Luft, als würde etwas davonflattern, fliegen. Schon unterwegs, sagte er, irgendwohin, und sah nach oben, folgte mit den Augen den Wellen seiner Hand.

Er sah mir lächelnd entgegen, der ich besorgt auf ihn zu eilte, um ihn zu stützen, griff aber nur nach meiner ausgestreckten Hand, um sich daran festzuklammern zur Balance, und er hielt meine Hand und ließ sie nicht mehr los, bis meine Mutter hereinkam, um ihn am Ellbogen zu fassen, ihn so zu stützen und mich zu erlösen aus meiner Position: Komm, warum setzt du dich nicht hin, du weißt doch, der Doktor hat gesagt: Nicht stürzen; nur keinen Sturz!

Als er dann dasaß, mir gegenüber am Tisch, sah ich zum ersten Mal vor mir den Jungen, der er einmal gewesen war. Da schimmerte, durch das Gesicht im Alter der Jugendliche durch. Wurde der sichtbar, der er einmal gewesen war, mit zehn, zwölf oder dreizehn. Da sah ich in seinem Lächeln zum ersten Mal den Knaben und das Kind: der Schädel schmal, der Ausdruck schelmisch und verschmitzt. So blinzelte er mich an, war unschuldig wie nie zuvor. Ich sah, wie er in allem schwächer wurde, auch im Volumen, der Brustkorb wölbte sich noch, und dennoch schien er nur die Hälfte noch von dem, was er einmal gewesen war. Die Haut hing schlaff und leer über die Knochen- und Knorpelformen, da war kaum noch Muskelmasse, und doch schien er nicht knochig, sondern sanft und weich wie ein Kind, oder wie ein Blatt, ein wenig spröde und so leicht.

Gestern haben wir zweiundsechzigsten Hochzeitstag gehabt, sagte meine Mutter, die sich neben ihn auf die Bank gesetzt hatte, mit blitzenden Augen. 10. Oktober 1946! Und wir haben uns noch immer gern! Nicht? Sie beugte sich zu Leo, strich ihm über den Kopf und küsste ihn auf die Schläfe. Au! Was machst du denn, zuckte er zusammen, er duckte sich und wich zur Seite. Aber dann grinste er doch hervor unter dem schützend gehobenen Arm, und meine Mutter lachte vor Vergnügen.

Sie hatte die Haare frisch eingedreht, aufgekratzt und froh, sie kochte und trug die Speisen auf. Wir aßen, es kam Kaffee mit Schlagobers, ich schnitt den Gugelhupf auf, den ich mitgebracht hatte, dann holte ich einen Stapel von Mappen mit Zeichnungen aus dem neuen Ladenschrank im Kabinett, die aus Russland und die aus Italien. Meine Mutter ließ uns damit allein, ging in die Küche und klapperte mit dem Geschirr, es dämmerte im Zimmer, wir waren still und blätterten durch die Bilder, legten vorsichtig die Zeichnungen und Skizzen und die Aquarelle um in ihrem Passepartout.

Mein Vater saß da, wurde müde, legte den Kopf zur Seite, ruhte, die Arme vor sich auf dem Polster auf dem Tisch, den Kopf darauf gelegt. Er lag da, als schlummerte er, aber seine Augen waren offen, und er blickte reglos zur Seite. Manchmal hob er leicht den Kopf, blickte kurz zu mir wie in Gedanken, dann sank der Kopf wieder zurück, ein anderes Mal runzelte er die Stirn, sah suchend nach mir, ohne den Kopf zu heben, und sagte nur, traurig oder lächelnd: Schön, dass du da bist … schön.

III.

Fast blind

Er hat dieses kleine Bild genau gegenüber der Bank, auf der er liegt, aufgehängt, in Kopfhöhe eines Sitzenden, sodass er es immer vor sich hat, wenn er sich aufrichtet. Und er weist immer wieder auf dieses kleine Bild an seiner Zimmerwand hin: Schalte einmal ein. Ja, die kleine Lampe! Siehst du sie?

Eine billige Nachttischlampe aus dem Supermarkt. Ein kleiner weißer Sockel aus Plastik, eine runde Halbkuppel, Halbkugel, darin der Trafo, der kleine Knips-Schalter, Chrom. Das weiße Kabel aus dem Sockel. Die zwei parallelen silbernen Arme. Dünne Chromhebel, seitlich, die den Lichtkopf halten, oben die Halogenlampe in einer silbernen Reflexschale. Eine oval-eiförmige Schale aus weißem Plastik, längsseitig durchgeschnitten, innen verspiegelt. Der Lichtwurf auf die Wandfläche ein Übungsstück für perspektivische Verzerrung, in einer nach links offenen verblassenden Parabel das Bild hervorhebend vor allen anderen: der Rigi, über dem Vierwaldstättersee, vom Ufer aus gesehen. Einmal, bei einer Konferenz über Halbleiter und Einkristalle, vor Jahren in Luzern.

Monokristalle und amorphe Bänder, seltene Erden, geschmolzen aus Legierungen, die aufgespritzt werden auf rotierende Scheiben zu einem blitzschnellen Abkühlvorgang. Wie es sonst nur unter höchstem Druck im Erdinneren geschieht und geschah. Um diesen Vorgang zu verstehen, wollte er ihn ganz langsam sehen. Und das hieß umgekehrt: in tausend Bildern wahrzunehmen, minutiös zu beobachten, zu visualisieren, im Ablauf zu verzögern den Prozess. Dazu fertigte er einen Film an, den er dann vorführte auf der Konferenz in Luzern. Extreme Zeitlupe, nicht sechzehn, sondern fünftausend Bilder pro Sekunde. Da es eine Kamera mit einer derartigen Verschlussgeschwindigkeit nicht gab, dachte er sich eine einfache Vorrichtung aus: Er ließ eine Scheibe mit einem kleinen, runden Loch vor der Kamera rotieren. Bei offenem Verschluss, und vor dem Objektiv eine schwarze Blende mit einem Schlitz. Fünftausend Umdrehungen pro Sekunde ergeben so fünftausend Bilder, der Film wurde fünftausend Mal belichtet, ein winziger Vorgang, eine Sekunde, die man im Film dann für Minuten sehen kann.

Die angeschliffenen Schmelzproben untersuchte er im Elektronenmikroskop, probierte verschiedene Legierungen, um zu sehen, ob sich Monokristalle gebildet hatten. Ob Schmelztemperatur, Druck und Abkühlvorgang stimmten, die für Kristallgitter mit gleich ausgerichteten Molekülen nötig waren. Elektromagnetische Felder, erzeugt durch eine Spirale, schafften die Pole, an denen die Moleküle sich orientierten im Abkühlvorgang. Halbleiter, erklärte er mir damals und drückte mir einen der kleinen, bleigrauen Schmelzkegel in die Hand, funktionieren wie Schalter. In einem bestimmten Temperaturbereich sind ihre Außenelektronen beweglich, sie haben Leitereigenschaften, in anderen Temperaturbereichen aber erstarren sie, elektrische Strömung wird unmöglich, sie haben die Eigenschaft von Isolatoren.

Während der Vorträge hat er die Teilnehmer und Referenten gezeichnet, die rundum sitzenden, zum Podium hin lauschenden Kollegen. Da gibt es Reihen der vor ihm Sitzenden: flüchtig skizzierte Hinterköpfe, Frisuren, Hals und Nacken, Hemdkragen, vielleicht eine Wange oder ein Kinn- oder Kieferbogen, an denen man sie noch identifizieren könnte, ein Nasenflügel, ein

Ohr mit Brillenbügel. Nur die am Pult Vortragenden, ihm gegenüber Sitzenden hatten auch Namen in den Skizzen: Möbius und Dubray, Petrard, Masselot, Truffert und Feng Wen-Kai. Neben einem mit Bleistift ein kleines Kreuz. Mit einzelnen, schlüssigen Linien, wenigen Strichen, hat er sie auf Prospekten, Vortragspapieren, Menükarten, in Skizzenbüchern porträtiert, wie sie, Kaffeetassen in der Hand, in Pausen beieinanderstehen, oder mit Sektgläsern und Brötchen beim Empfang, Nachbarn an anderen Tischen beim Dinner im Hotel. Am Morgen aber hat er seine Malsachen genommen und ist, während die anderen beim Frühstück saßen, hinausgegangen an den See.

Three Rigis? Einen Moment bin ich ratlos. Gibt es denn einen östlichen, westlichen, mittleren Rigi? Drei Gipfel? Drei Spitzen? Ach so, begreife ich, als ich die Kästchen mit der schlechten Auflösung in der Broschüre in seiner Zeichenmappe sehe. Es gibt drei Bilder. Drei Mal hat Turner den Rigi gemalt, meist von derselben Position über dem Vierwaldstättersee: The Blue Rigi, The Red Rigi, The Dark Rigi. Erst im März 2007, lese ich, wurde der blaue Rigi, als drittes noch fehlendes Bild, in einer internationalen Sponsoring-Aktion von der Tate Gallery in London angekauft und erstmals öffentlich zugänglich gemacht.

Turners Gebrauch der Wasserfarben, lese ich, kulminiere in den transzendenten Aquarellen, die um 1841/42 entstanden: Schweizer Berge und Seen. Zuoberst stehen dabei die drei Ansichten des Rigi, wie er sich vom Luzerner See aus zeigt. Jedes der drei Bilder zeige den See zu einer anderen Tageszeit und sei definiert durch eine andere Tönung: dunkel; rot; blau.

Turner mietete ein Zimmer im „Hotel Cygne", direkt am See. Von seinem Fenster aus konnte er zu jeder Tageszeit den Wechsel der Lichtverhältnisse beobachten. Der blaue Rigi war Turners Versuch, den Moment der Morgendämmerung festzuhalten, gerade bevor die ersten Sonnenstrahlen hervorbrechen, entlangschneiden an der Bergkontur, die sie jetzt noch deutlich und luzide hervorheben, dahinter erstrahlt der Himmel, als dringe das Licht hier durch den Himmel in seinem weißen Blau, schon ist das Goldorange zu spüren, mit dem die Lichtstrahlen schließlich hereinfallen werden über den Berg, seine Kontur.

Festhalten das Ungreifbare, Unbegreifliche, das Unfassbare, das Unscheinbare der Empfindungen. Und dieses Vage, Ferne, Fremdeste: Gefühle, Konstellation an diesem Morgen, jede Wahrnehmung so scharf und gezielt auf dem Papier. Turner, der Landschaftsmaler, auf Licht und Farben konzentriert, studiert die Erscheinungen systematisch, in Dutzenden von Serien, probiert und kontrastiert, verwertet, arbeitet besessen, professionell. Mein Vater blieb im Moment, bei seinen Möglichkeiten. Während Turner seine Studien aus der Erinnerung malt, um verschiedene Wirkungen zu probieren, schließlich den Farbeindruck von Dingen löst, in abstrakten Kompositionen aus Bildflächen und Farbräumen experimentiert und mit minimalen Pigment-Verwaschungen Farb-Intervalle ausprobiert, während er versucht, die Luftigkeit und Flüchtigkeit der Sinnesempfindung umzusetzen und zu visualisieren, ist mein Vater beim Sichtbaren und seinem Skizzenbuch geblieben.

Mein Vater ist nicht vergleichbar. Nicht mit Turner. Da war von Anfang an das Feine und Präzise, die Selbstverständlichkeit im Zugang, die Genauigkeit im Blick. Ohne Zögern erkannte er seinen Platz, erfasste die Perspektive, hatte den Bildaufbau, setzte er seine Striche, wusste, was seine Intention war. Kaum, dass ihm ein Bild misslang, sobald er es begonnen hatte. Auch wenn er nicht mit allem ganz zufrieden war, er hat es nicht verworfen, worum es ihm ging, das trat hervor. Ein Umzug, eine Prozession von Fischern im Gradeser Hafen, die einer Marien-Statue folgen, wirkte wie unabgeschlossen mit ihren durchsichtigen Figuren, den transparenten Linien und Tupfen im Hafen mit den Segelbooten, deren Gewirr von Takelage und schlanke Masten er an der Mole hatte zeichnen wollen, als sich mit einem Mal die bunten Figuren der Fischer mit ihren Frauen und Kindern dazwischenschoben.

Es gibt keine Großartigkeit bei ihm, keine Historienmalerei, keine romantischen Motive oder Symbolismen, keine Ausflüge in die Mythologie, in religiöse oder geschichtliche Sujets, keine Akademien – bis auf einen Kurs in Aktzeichnen kurz vor dem Krieg –, es gibt keine riesigen Arbeiten in Öl, keine Galerien, Kunstkritiken und Entwicklungen, kein Studium der Tradition, keine narrativen Bilder, nichts Pittoreskes, keinen Vergleich. Seine Reisen nach Rom und Florenz fanden statt auf Plattformwaggons hinter Panzern, aber sein Zeichnen und Aquarellieren war ihm, was es auch Turner gewesen war: genaues Hinsehen, ein Versuch im Erfassen von Zusammenhängen und Konstellationen, von Lichtverhältnissen, Proportionen, Phänomenen.

Mit seinen schmalen, kleinen Augen mit der blassgrauen Iris, die ich nicht recht ausnehmen kann, starrt er mich von seiner Bank her an, skeptisch und prüfend, lauernd fast. Ich weiß nicht, was und wie er sieht, er äußerte sich nicht dazu. Auf einem Auge als Kleinkind nahezu erblindet, Ernährungsmangel oder Mangel an Vitaminen nach dem ersten Krieg, konnte er damit von Anfang an nur Umrisse und Schatten erkennen, im Alter ist jetzt auch seine Sicht am anderen geschwächt. Trotzdem spürt er Nuancen, liest jede Regung, ahnt und erkennt fast gnadenlos. In seinen Bildern sehe ich Teilhaben, Teilnehmen an der Wirklichkeit, ihren Erscheinungen, ein Sehen mit allen Sinnen, ein duftiges Abheben des Eindrucks in seine Verschwiegenheit, feine Verwischungen im Wässrigen, im Aufgelösten, in winzigen Pigmenten am Rand des Pinselstrichs, im kapillaren Saugvorgang des Papiers. Ein hauchfeines Ablösen, das an wenigen Linien sichtbar wird, Luftlinien im Blau des Himmels, die ausgesparten Flächen auf dem Papier.

Auf einer der gebrauchten Mappen aus dem Institut, in der seine Zeichnungen, Skizzen, Papiere und Prospekte durcheinander liegen, lese ich in dunkelblauer Tinte das Wort, den Titel: „Verdampfungsgeschwindigkeit“. Die Mappe ist abgegriffen, abgeschabt, verschlissen, zerkratzter brauner Hartkarton, mit Leinen noch gebunden, hat offenbar zur Ablage physikalischer Messungen und Studien gedient, bevor man die Papiere entsorgt oder woanders eingeordnet hat. Verflüchtigung. Etwas verschwindet, wie der Atem. Unsichtbar, nur eine Wolke Feuchtigkeit und Dampf. Ein Hauch, aber völlig unprätentiös. Er beansprucht nichts für sich, will nichts behaupten, nichts beweisen. Nur verstehen: Da ist ein Ort. Eine Topografie. Da ist Atmosphäre. Da ist Licht, also Sichtbarkeit. Da ist ein Berg. Da ist der See. Da ist die Erscheinung, das heißt, die Wahrnehmung. Die Schnittstelle, das Gesicht, Inferno. Manche der Bilder brennen. Andere sind statisch, klar. Ruhen in der Zeit. So auch die Bilder aus Luzern: Luzid. Gläsern. Durchsichtig. Luminos. Lichthaft. Duftige, feine Transparenz.

Vier Tage und zweihundert Jahre, Turners Geburtstag hat er hier knapp verpasst. Der Tag, an dem mein Vater am See gewesen ist. Und der Rigi, den mein Vater gemalt hat, begreife ich erst jetzt, ist nicht der Rigi, sondern der Berg danebeun. Ein ebenso breiter, wuchtiger Rücken: der Bürgenstock. Mir ist nicht klar, wieso ich das bislang übersehen konnte. Da steht es ja, am unteren Bildrand. Ganz deutlich. Mit schwarzer Tusche, mit der Feder: 23.4.1979: Bürgenstock, mit Vierwaldstättersee.

Prints & Study Room

Vielleicht habe ich mich ja geirrt. Ich gehe durch die hohen Räume, stehe vor schweren, dunklen Bildern, Arbeiten in Öl, die Leinwände schimmern, doch Aquarelle finde ich keine in den halb abgedunkelten Ausstellungsräumen der Tate Gallery. Erst über Stiegen, in Nebenräumen im Obergeschoss, drei niedrigen, fensterlosen Zimmern, entdecke ich schließlich Beispiele für Turners Arbeit mit Wasserfarben. Zwischen den Tafeln mit Erklärungen zu seiner Aquarelltechnik hängen hier im Wechsel von ein paar Wochen jeweils verschiedene Arbeiten. Ein paar seiner aufgeschlagenen Skizzenbücher liegen in Vitrinen, man sieht den Prozess seiner Druckarbeiten, beginnend mit seinen Vorlagen für Stiche und Radierungen, über sein Insistieren auf Details in Probedrucken, seine vielfachen Korrekturen, und wie er sich die Grafiker, die nach seinen Vorlagen, den Zeichnungen und Aquarellen, die Metallplatten für die Stiche anfertigen, erzieht und vorantreibt zu mehr Kontrast hier, Präzision dort, mehr Licht-Dunkel-Effekten oder mehr Grautönen in der Schraffur der Hintergründe, und mehr Schattierungen.

Mäandrierende Flüsse, die Ansichten aus Wales und England, kleine Wasserfälle, eine Stille und Ruhe in der Landschaft hier, wie aus der Zeit. Riesige Bäume, deren Kronen von ihrem Alter zeugen, dazwischen die Strünke von anderen, umgestürzt. Das filigrane Blattwerk, Brücken, die im Bogen über Bäche führen, Teiche und Burgen, düstere Sklavenschiffe, gotische Spitzen, Kirchenruinen. Schöpfung und Sintflut, der schwarze Rauch und eine Dampfmaschine, Geschwindigkeit, im Rausch von Feuer, Kraft und Energie, in Nebel, Wolkendampf, das Sturmboot Ariel, auf dem Turner sich festbinden ließ am Mast, vier Stunden habe er da um sein Leben gebangt, wie er später schrieb, im Versuch, den Eindruck zu erleben von Naturgewalt. Die aufgewühlten Meereswellen in den frühen Bildern, und dann der Frieden, kein Wellchen trübt die spiegelglatte Wasserfläche in diesem Hafenbild. Das frühe Morgenlicht, die helle Sonne, ein düsterer Block, der schwarze Rundturm mit Kanone, der den Hafen schützt. Schon damals hat England eine Invasion befürchtet, Kämpfe über dem ganzen Kontinent, dann sind die Napoleonischen Kriege beendet, die Bedrohung ist vorüber, das Meer liegt ruhig und schimmert.

Der Quell, die faunische Natur, Arkaden, die Schiffe dann und Segel, ihre Masten in den Regatten, der Zug über die Alpen, Lawinensturz, wirbelnde Farben, schimmernd noch in den Ölgemälden die lavierende Technik der Wasserfarben, Aufruhr im Meer, Ungeheuer, die aus der Tiefe steigen, ein Vogelzug, Spiralen, wirbelnde Strömungen in der Luft, ein düsterer, schwarzblauer Himmel, darunter tupft er silbrig braune Bäume, still, bewegungslose Figuren, sie bleiben flüchtig, vage, zart.

Ein Gemälde fällt mir auf im langsamen Gehen durch die verdunkelten Hallen. Etwas ist irritierend, die falschen Größenordnungen, drei Perspektiven brechen sich, sind gegeneinander geschnitten: Pianta del Vaticano, Blick in die Tiefe, aus den Bögen der Loggia über den Petersplatz hinaus, die Engelsburg im Hintergrund und fern die Spitzen des Apennin; davor an der Brüstung lehnend der Maler; ich lese im Bilduntertitel: Raffael, seine Geliebte neben ihm, sein Modell, steht er zwischen eigenen und fremden Bildern, beim Malen der Fresken, der Allegorien in den Karyatiden. Unproportioniert klein sind die Figuren unter dem hohen Bogen der Loggia, deren Fresken Turner im Detail wiedergibt. Hier stürzt die Perspektive nach rechts hinaus, liegt der Fluchtpunkt weit außerhalb des Bildes. Doch da, der Figur zu Füßen, lehnt ein Bild Raffaels, das Turner malt, ein Bild im Bild, zum Betrachter hin. Gemalt wie von einem fast Erblindeten, der Flecken sieht und Schatten, die visuelle Wirklichkeit nur atmosphärisch noch erkennt: verschwimmende Fetzen aus Farben und Licht.

Ich finde über einen stillen Nebengang im Treppenhaus den Studienraum. Stehe vor einem Bullaugenfenster, probiere an der verschlossenen Tür zum Prints & Study Room, spähe durch das Drahtgitterglas in den hellen, klaren Raum. Hinter dem Eingangsbereich an den Wänden niedrige Metallschränke, elegante Ladenkästen, im Raum die Pulte, Reihen von Arbeitsplätzen an langen Tischen aus hellem Holz. Die großen hohen Fenster an zwei Seiten, außen fixierte breite Jalousien aus Aluminium, die das Sonnenlicht streuen, der Lichteinfall still, schattenlos diffus. Über den Tischreihen Beleuchtungskörper mit schwarzen Blenden an schlanken Doppelarmen. Der Raum leer, niemand zu sehen, die Tür verschlossen, über der Gegensprechanlage klebt ein Zettel mit dem Hinweis: Nur nach Voranmeldung. Darunter, in einer Box, gehalten von zwei verchromten Metallbügeln, die bunten, gefalteten Prospekte mit Informationen zu Anmeldung und Angebot. Ich zupfe einen heraus: ganz klein das Bild des Rigi. Ist es der dunkle? Der rote? Der rosafarbene?

Ich zögere, als ich an der Tür stehe mit der Gegensprechanlage und dem runden, mit gewelltem Draht durchzogenen Bullauge. Versuche mir einen Satz zurechtzulegen. Was habe ich zu sagen? Wie spricht man jemanden an? Wie erklärt man sich? Und wie heißt es jetzt richtig, Miss oder Misses? Der

Summer krächzt, ich erschrecke vor dem mechanischen Ton. Ich warte kurz, lausche und spähe durchs Fenster in den Raum. Ich höre nichts und sehe nichts, bis die Tür plötzlich aufgezogen wird, sich lautlos und ohne Vorwarnung öffnet, als wäre sie nicht weiter versperrt oder gesichert gewesen, sie öffnet sich nur einen Spalt vor mir und eine junge Frau blickt mich von drinnen fragend an: Bitte?

Ich habe einen Termin.

Sie sieht mich fragend an, schüttelt langsam den Kopf. Einen Termin? Sie senkt den Kopf. Denkt nach. Blickt wieder auf und sieht mich an: Für heute?

Ja, sage ich ratlos. Sind Sie Julia Leclair?

Ja, nickt sie, das bin ich.

Ich habe Ihnen geschrieben!

Wann wäre das ungefähr gewesen?

Vor zwei Wochen. Sie haben mir auch geantwortet!

Sie schüttelt den Kopf. Denkt nach. Tut mir leid –

Aber sie haben mir diesen Termin vorgeschlagen!

Haben Sie ihn mir auch bestätigt?, blickt sie mich prüfend an.

Natürlich, sage ich.

Sie macht die Augen schmal und legt den Kopf zur Seite. Sagt, den Griff noch immer in der Hand, zwischen Tür und Türstock stehend: Worum genau ging es? Was wollten Sie sehen? Können Sie mir weiterhelfen?

Turners Rigi-Bilder und die späten abstrakten Studien –

Tatsächlich!, ruft sie. Ja, jetzt erinnere ich mich wieder. Sie sind der mit den Rigi-Studien. Und war da nicht etwas mit den Skizzenbüchern? Sie nickt rasch und lächelt. Kommen Sie weiter! Jetzt erst öffnet sie die Tür, tritt zur Seite und lässt mich ein.

Deine homöopathischen Farben

Ich bin gesessen, Stunden, und habe die Bilder studiert, die mir Julia herausgelegt hat. Ich habe die Bilder gegen das Licht gehalten, in flachem Winkel hochgehoben im Passepartout, geblinzelt, so nahe wie möglich, aber vorsichtig, sie nicht zu berühren. Das letzte Aquarell des Rigi wurde unlängst um fünf Komma acht Millionen Pfund ersteigert, diese Summe sei jenseits dessen, was für die Galerie machbar sei, sagt Julia. Zumindest The Red Rigi hätten sie durch ihren Ankauf für die Öffentlichkeit gerettet, dank einer internationalen Spendenaktion und der Unterstützung durch einige große Künstler, die sich für diese Sammlung engagiert und eingesetzt hätten, weist sie auf eine Broschüre von David Hockney hin, hier sei das dokumentiert.

Julia bringt große schwarze Boxen, zeigt auf die Etiketten, die hat uns die National Gallery überlassen, sie lösen sich schon ein bisschen auf, sagt sie entschuldigend. Wir hatten dieses große Hochwasser auf der Themse, und diese Schachteln waren in den Kellern der National Gallery gelagert. Nein, Bilder wurden nicht beschädigt, sagt sie, wir haben alles rechtzeitig in Sicherheit gebracht.

Das sind alles Rigi-Studien. Zirka zwanzig in jeder Box. Die überließ er seinen Agenten in London, drei Aufträge hat er auf die Weise auch bekommen, erst dann hat er sich hingesetzt und die verlangten Bilder ausgearbeitet. Die drei bekannten sind im

Moment alle verliehen, der dunkle Rigi ist in New York, auch der blaue Rigi. Den roten Rigi haben wir schon zurück von einer Ausstellung, aber er ist noch gerahmt, und ich kann ihn nicht herausnehmen, er muss erst wieder in einem Passepartout fixiert werden, das machen unsere Restaurateure.

Sie zeigt mir, wie ich die Bilder herausnehmen soll, eines um das andere, wie ich sie auf die Seite legen und sie wieder in derselben Reihung in die Box zurückgeben soll. Keine weißen Seidenhandschuhe, nein, es genügt, wenn ich mir freundlicherweise nochmals die Hände wasche. Der Seifenausgeber funktioniere nicht, aber ein Stückchen Seife liege dort. Und ich soll dieses Formular ausfüllen, und um eine Ausweisnummer bittet sie mich, ob ich etwas bei mir habe, Führerschein oder Pass.

Dann lässt sie mich allein mit den Bildern. Setzt sich beim Fenster mit dem Rücken zu mir an ihren Computerbildschirm, arbeitet rasch und ohne Unterbrechung. Bis ich komme mit vorsichtigen Fragen: Ist das Wachs? Wer hat diese kleinen fetten schwarzen Zahlen ins Papier geprägt? Sind es Siglen? Wie macht er es, dass die Pigmente hier so grob aufgetragen sind und hier ganz fein zerrieben, cremige Farbe?

Er hat seine Farben alle selbst zubereitet, die Pigmente gestampft, erklärt Julia. Wir wissen sehr genau darüber Bescheid, wir haben ja seine Palette und seine Farbtiegel alle hier. Die sind chemisch analysiert, sodass wir sie genau reproduzieren konnten. Das war notwendig, weil wir eine Künstlerin hier haben, die mit den rekonstruierten Materialien von Turners Aquarellen, auch von den Rigi-Bildern aus der Schweiz, Kopien anfertigt. Es ist schlimm, was wir mit ihren wunderbaren Bildern machen und ein Unglück für diese Künstlerin, weil wir ihre Arbeit sofort wieder zerstören: Wir benützen ihre wunderbaren Aquarelle für Experimente, wie wir die Leuchtkraft von Turners Farben am besten konservieren können.

Wir haben derzeit eine Reihe von Versuchen laufen, ob es eine Möglichkeit gibt, Aquarelle langfristig auszustellen und dennoch die Qualität der Farben und ihre Leuchtkraft zu schützen, wir haben Langzeitversuche laufen mit diesen Turner-Kopien in luftdichten und mit speziellen Gasgemischen gefüllten Rahmen. Es hat sich zum Beispiel gezeigt, dass manche Farben unter Sauerstoffabschluss besser erhalten bleiben, andere aber, wie dieses Bleirot hier, brauchen den Sauerstoff, um zu atmen. Man müsste sie fast mit Sauerstoff anreichern, damit sie nicht stumpf werden und ihre Leuchtkraft verlieren. Das Problem ist, es gibt keine einheitliche Form der Konservierung für die Verschiedenartigkeit der Farben, sie beruhen alle auf mineralischer und organischer Basis, sind nicht synthetisch hergestellt. Wir haben Versuche begonnen, ob es möglich ist, die Bilder so zu rahmen, dass einzelne Farbzonen sauerstoffdicht abgedichtet werden, andere luftzugänglich bleiben, und ja, doch, es scheint möglich.

Box 179 und Box 207: Ich öffne die letzte und beginne. In die Blätter sind unten rechts winzig die römischen Ziffern der ersten Werkszahl in einer Serie eingeprägt, CCCLXIV, nach dem Bindestrich folgt eine lateinische Zahl, Rigi, sehr zart, Last Rays, steht darunter in einer kleinen, gekritzelten Handschrift, blass, verschwindender Grafitstift. Letzte Strahlen von Licht. Ich hebe den starken Karton des Passepartouts und verdrehe den Kopf, um das Etikett an der Unterseite zu lesen. Schräg gegen das Licht sehe ich die Textur, den Farbauftrag, Pinselstrich und die Pigmentränder nach dem Auftrocknen der Wasserfarbe. Aquarelltechnik bedeutet Arbeiten am feuchten Papier, mit dem Sog der Farben, mit Kalkül und Zufall, Berechnung und Spontaneität. Man muss voraussehen können, was passiert, man muss seine Materialien kennen, sagt Julia.

Das Büttenpapier, weich saugend, ein Hauch von Rost und Rosenblatt, abgefallen, wie Pfingsten, welk, Hautflecken und

Altershaut, Rotwein auf einem Tischtuch, rosa saugt es aus dem Rubinrot in die weißen Fasern hinaus, braun gedunkelte Flecken, gerade noch auszunehmen, auf dem Bild Nummer 175. Die Nachlass-Nummerierung folgt Skizzenblöcken, Perioden, Motiven, Techniken und Formaten.

Sind das Kratzer im Papier? War das etwas Hartes, ein Nagelrand, sind das Grafitspuren, oder Spuren der Metallhülse um den Ballen aus Pinselhaar? Sandfarben der Gipfel, eine verschilfte, blaugraue Uferzone, darunter feine weiße Flecken, gesprenkelt über das Blatt, wie Hautschuppen, Stellen, an denen die Farbe nicht haftete: spontan, zufällig, intentional? Braunrosa und graublau, man spürt etwas, das nicht da ist. Hebt er ab? Tupft er weg? Deckt er ab? Das Bild atmet, die Farbe atmet, ein Hauch und Duft von Farbe, wie hingedampft und kondensiert auf diesem Blatt. Farbpartikel haben sich ins Papier gesogen wie in der Analyse einer Chromatografie, sind verschieden weit gewandert, nebeneinander aufgetrocknet: Ocker und Umbra, matt Getreide, etwas Lehm und Anthrazit darunter. Umrisse, ein Hauch von Röte, verschämt, verdampft, verdunstet, Auftrocknungslinien konturieren fast farblose Flächen, umhüllen sie.

Die Seefläche ist mit einem satten Pinselstrich gezogen, zwei Zentimeter breit über das leere Blatt Papier eine Linie, ein Strich, bestimmt und ruhig geführt der mit Farbe gesättigte Pinsel. Für das Wasser verwendet er viel Pigment, für anderes fast nichts mehr. Kaum noch Partikel, keine Farbstoffe, der Pinsel ausgeschwemmt bis auf eine minimale Spur, zurück bleibt eine andere Lichtreflexion des Papiers, dessen Oberfläche sich verändert, wenn es einmal von Nässe gesättigt war. Vielleicht, dass sich der Leim des Papiers löst und etwas diffundiert, die Moleküle sich anders binden beim Auftrocknen. Etwas glänzt nicht mehr, wo es zuvor geglänzt hat, und umgekehrt. Mit ausgewaschenem, ausgeschwenktem, ausgeschwemmtem Pinsel, so arbeitet er, mit homöopathischen Farben.

Das Bild lässt sich in Drittel-Kataster unterteilen, imaginäre Linien ziehen sich durch die Komposition: ein Gefühl wie von hohem Wasserstand, die Wasserlinie liegt leicht über dem unteren Drittel, der Schwerpunkt des Bildes aus der Mitte verschoben, durch das Gewicht der Landmasse und ihren weiten Uferbogen wird die Leere neben dem Bergmassiv auf der linken Seite ausbalanciert. Immer wieder betont findet sich so die Horizontale, wenn die weite Seefläche das Bild dominiert. Darüber, ganz oben, blass bläulicher und gelblicher Hauch im Himmel. Der Berg wie eine stumpfe Welle, etwas, das sich zusammenballt und stellt gegen die Strömung, der Kiel von einem wuchtigen Boot, selbst ruhende Energie, und die Landzunge, eine diffuse Landmasse, die da hereinragt, eine dunkle Zone im See.

Ich schiebe das Bild auf dem Pult vor mir zur Seite, hebe das nächste aus der Box, schlage das seidene Deckblatt um, stelle es auf zum Vergleich: Blick über den See, links der Rigi, rechts eine blaue Kontur, und wieder rosa Berge, vor zart violettem Land. Zyklamefarben? Oder mehr Blau von Eisenhut? In einer Bucht im Vordergrund auch hier die Schilfzone, Binsen, angedeutet in seiner Struktur. Ein paar Tupfen hineingesetzt, als Wasservögel erkennbar. Der Blickwinkel nach rechts gerückt, ein größerer Ausschnitt am Horizont, eine entfernte Bergkette gerät dort ins Blickfeld, die scharf gezackten Aussparungen im Blau und Rosa des Himmels. Ocker und grau die Pinselstriche für die Schilfzone, satt liegen die Gletscher in der Tiefe, mittig im Hintergrund: Strahlend bricht das Weiß hervor, die ausgesparte Fläche im Papier.

Starkes Gelb dann in der Studie Nummer 186, Sonnenlicht, gespiegelt im See, und tiefe blaue Spuren, dynamisch Weggewischtes, Samt- und Plüscheffekte durch Abheben und Punktieren. Wolkenschlieren, grau durch das gelbe Licht. Bild 150 mit einer seltsam unsymmetrischen Schattierung an den Rändern, in Balken dort kräftig die Farben, die hier sonst so ausgeblichen sind und stumpf. Durch die Lichtschädigung ist der Rahmenabdruck deutlich sichtbar: Die Farben sind verblasst bis auf jene Streifen an den Rändern, wo sie vom Rahmen abgedeckt waren, dort leuchten sie noch in ihrer ursprünglichen Kraft. Ruskin hatte es fast dreißig Jahre lang ausgehängt, erklärt mir Julia, als ich sie später wieder störe bei ihrer Arbeit und alle meine Fragen stelle, und sie lacht.

Studie Nummer 220 zeigt die Uferpromenade, aber diesmal hat Turner mit einer Feder nachgezeichnet und verstärkt in einem zweiten Arbeitsgang jede Kontur, oder ist es doch ein feiner Pinsel? Aber wieso bleibt der Strich dann so gleichmäßig, nimmt am Ende nicht ab, kein Schmälerwerden der Linie, sondern am Ende ein runder Abschluss, stumpfer Punkt? Auch im Gebirgszug wurde noch intensiv mit blauer Feder oder Pinselstrichen detailliert, blaue Striche, gerippte Schraffur im Abendlicht, der rote oder rosa Rücken des Rigi.

382 verwendet Bleistift und Kreide über der Wasserfarbe. Ja, er hat häufig vorgezeichnet, sagt Julia später, aber was kam zuletzt? Ich lege die Wange auf den Tisch, gehe ganz nahe an das Blatt, hebe das Bild flach gegen das Licht, suche die Grafitspur, liegt sie über den Wasserfarben? Darunter? Es ist mit dem Auge nicht klar auszunehmen. Er hatte keinen dogmatisch verlaufenden Arbeitsprozess: zuerst Wasserfarbe, dann Bleistift, dann Kreide, sagt Julia; hier sieht man, er mischt die Techniken und Materialien, greift mal zu diesem, dann zu jenem Malgerät. Es gibt da keine Chronologie, er arbeitet sich vorwärts, greift mehrfach zurück auf Kreide oder Wachs, nimmt Farbe wieder weg oder geht nochmals mit einem Stift darüber. Er arbeitet in-

tuitiv, spontan, folgt Eindruck und Gefühl. Auch hier sieht man die Rahmung noch, ein zentimeterbreiter Streifen mit kräftigen Farben ist geblieben.

Studie 221 eine nächtliche Ansicht des Rigi, klein, weiß und verschwommen schwebt der Vollmond und spiegelt sich im See. Im Vordergrund links deutlich die Uferpromenade: Gebäude als gestaffelte Silhouetten, angedeutet mit vertikalen Strichen und Haken, bleich schwimmen hinten die Flecken der schlanken Doppeltürme der Kirche, zwei Barken oder Kähne schimmern pechschwarz im Mondlicht draußen am See, wie Wimpern gewölbt die winzige Rundung der Boote; mit ihrem Schatten, der Spiegelung am Wasser, bilden sie ein flachgedrücktes X, um die horizontale Achse des Sees gespiegelt, gebrochen und gelegt, ich sehe die Buchstabenschatten, ein Symbol, eine Signatur, hebe das Blatt, es ist nur am oberen Rand angeklebt, vom Kartongrund, Julia arbeitet am Pult, mit dem Rücken zu mir, hebe vorsichtig Turners Bild, lüpfe es eine Spur vom Karton, sodass Licht darunterfällt und das Blatt durchscheinend wird, ein ganz wenig transparent, entziffere das Wasserzeichen:

J W HATMAN

TURKEY MILL

Das war einer der Papierschöpfer, dessen Papiere er am häufigsten benützte, sagt Julia, und sie steht auf, geht zu einem Schrank, zieht eine Lade heraus, sucht einen Ordner, öffnet eine Schachtel mit Zeitungsberichten, legt mir ein Blatt vor und einen Bericht, die Papiere Turners, ein Ausstellungskatalog, hier hat jemand darüber publiziert, das war '85, nein, '87 muss es gewesen sein, hier! Da ist es: alle Wasserzeichen. Mit Infrarot kann man sie ablesen und herausfiltern, ohne etwas zu beschädigen. Der Mann hat alle Papiere Turners studiert und untersucht, wann er welche Zeichenblöcke bevorzugte. Im Prinzip sind es drei Papierschöpfer, bei denen er blieb, sein ganzes Leben. Turkey Mill gibt es nicht mehr, nein, nur bis zur Jahrhundertwende, aber wir haben noch Bestände und wir haben auch diese Papiere chemisch analysiert und nacharbeiten lassen für verschiedene Projekte.

219: Ist das nicht der berühmte rote Rigi? Nein, auch eine Studie, sagt Julia, und ich sehe die beiden Nachen, pechschwarze oder rußschwarze tintige Kähne, fettes Kohlschwarz die Farbsubstanz, die sich im Wasser spiegelnden Bootsleute nur Strichmännchen, einzelne Pinselabdrucke, mit der Pinselspitze, wie eine Wimper, ein Haar im Bild verklebt. Ansichten bei Tag und Nacht, im Frühling, Winter, bei Nebel, Sonne, Wind, am frühen Morgen, Mittag, im Dunst, bei klarem Licht. So viele Bilder, jedes stimmig. Was wäre dann repräsentativ? Eine Fotografie? Grafiken mit Zahlen und Tabelle? Man könnte den Berg auch sehen in Statistiken, als Volumen, Masse und Gewicht, als geologische Bildtafel aus Zusammensetzung und Struktur, aber wäre das nicht auch nur eine der vielen Formen, wie wir uns den Dingen nähern? Und welche wäre dann die richtige? Wurde die Geologie, wie ich später an der Küste in Suffolk lerne, nicht eben erst erfunden, zu Turners Zeit? Damals hat man gelernt, die Form der Erdgeschichte zu lesen aus Sedimenten, Tektonik, Erosion, Ablagerung, Faltung und Verfrachtung. Also Dynamik, Prozesse und Entwicklung, wo früher, vor Darwin, nur die Statik einer Erdgeschichte, die Setzung einer abgeschlossenen Schöpfung war?

Nicht das eine Bild ist das entscheidende; die Summe aller, es zeigt sich nur die Wahrnehmungsfülle, Empirie. Nicht nur ein Tuch, nicht nur der Pinsel: Er war mit dem ganzen Körper in der Wahrnehmung, in den Farben und Formen, er hat sie mit allen Sinnen aufgesogen, im Versuch zu verstehen. Er hat tatsächlich auch mit dem Körper die Farbe abgenommen, sagt Julia. In jedem Detail, bis in die Grafitspur und den Abdruck von seinem Fingernagel ist er in seiner Arbeit sichtbar. Hier, sehen Sie, hier hat er mit dem Daumen die Farbe abgenommen, die schwarze Rauchfahne eines Dampfers rhythmisiert, die puffende Rauchspur unterbrochen, indem er den Daumen mit der Kante in die Farbe drückt. Man kann an einigen Stellen sogar die Hautlinien sehen, unwiderlegbar, der Fingerabdruck, ein genetischer Code.

279, zeigt es einen Sonnenaufgang? Nicht zuordenbare oder definierbare weiße Flecken unterhalb des Berges in der Spiegelung am See. Zwei Fischerboote rechts, ein kleines Boot links, violett und rot der Rigi mit grünblauem Schatten im See, Gebirge in der Ferne im Hintergrund. Links hinter dem Rigi ein weißes Sonnennest, Licht, das explodiert aus dem gelben Hintergrund vor dem violetten Gestein. Wie ein violetter Kaktus die stachelige Struktur, Pigmente, grobkörnig hingesprüht oder geklebt am Bergrücken, fast schon pointillistisch, wie ein Seurrat, nickt Julia. Und verweist mich auf die Studie von Joyce Townsend: Turners Maltechnik.

Ich lese im Skizzenbuch LXXVI-7 aus dem Jahr 1802, Turner war in Graubünden unterwegs, zeichnete ununterbrochen, skizzierte aus Kutschen, von Wagen und vom Schiff, Passübergänge, Taleinschnitte, Klippen aus Felsen, gezackten Wipfelrücken. Und da wieder ein Talgrund, wo alles still liegt, wie von den Bergen einst herabgerollt. Der Wasserspiegel im steilen V vom Taleinschnitt, im tiefen Grund zwischen den Schenkeln liegen Seen, darüber Umrisse von Burgen und Hospizen, Blicke auf Wege, Wasserfälle, Brücken, rasch hingesetzte Linien, als buchstabierte er die Landschaft, grafische Kürzel, mit bauschigen und bauchigen Strichen, auf einem Blatt sechs kugelige Bälle, Baumkronen, Buschwerk, spiralige Wolken, die Luft in Turbulenzen? Der Blick auf Mauerreste, eine Ruine, Kastell, kreiselnde Wolkensilhouetten.

Er zeichnet von oben, unten, links und rechts, auf einem Blatt vier Skizzen, die sich in der Mitte treffen, überschneiden, hier kaum noch Zeichen, nur noch Impuls und Geste, Reduktion, eine gekritzelte Horizontlinie, einmal wie Sägezähne, dann wieder ganz verschwommen, impressiv, daneben eine scharfe Naht, Maschine, Zwirnfäden, aufgedröselt, ein Wolkenstrom, die Baumkronen wüste Zackenlinie. Bleistiftblitze zucken hier, im Pulp vom Papier eine winzige Stofffaser, Härchen und Umrisslinie, explosive Linie, die Energie von innen, zuckender Ausschlag, zitternder Nadelschreiber auf ziehendem Papier.

Fast transparent stehen da Figuren: ein O ein Kopf, ein Oval für den Körper, ein grafisches S der eine, der andere ein halbes W, ein angehocktes L und X, oder ein T: manchmal ganz detailliert, oft nur Fragment, minimalisiert und Reduktion bis zur Erkennbarkeit. Ökonomie der Schrift, die Häuserzeile eine Wirbelsäulenstruktur, die Silhouette einer Ortschaft über dem Wasser, im See die flache Spiegelung der Häuser und der Kirche als halbe Knöchelchen-Kontur.

Wir sehen in Analogien, nickt Julia, das eine immer als anderes, knüpfen es damit wohl ins Leben ein. Seinsformen teilen eine Struktur, sagt sie, aber es ist jetzt fünf Uhr und wir schließen! Sie können ja morgen wiederkommen. Sind Sie noch länger in der Stadt?

Wiesenblumen

Sie ruft an, fröhlich: Wir haben schon so lange nichts gehört von dir. Danke für die Karte! So lieb! Wir wollten nur sehen, wie es dir geht. Wie war es in London? Warst du in der Tate Gallery? Willst du uns nicht wieder einmal besuchen?

Im Hintergrund höre ich meinen Vater: Kommt er? Zu Mittag? Jederzeit kann er kommen! Ich bin immer da!

Ich sage: Ich komme zu Mittag. Ich bringe Blumen mit. Wiesenblumen. Ich pflücke dir einen Strauß, wenn ich komme, am Weg.

Die Margeriten lassen die Köpfe hängen, als ich sie aus dem Rucksack zupfe und meiner Mutter übergebe.

Das macht nichts! Die erholen sich wieder! Gib sie nur ins Wasser, die richten sich gleich wieder auf! – Nicht in die Wanne!, kommt sie mir plötzlich eilig nach, als ich ins Bad gehe.

In der Wanne ist eine seltsame Flüssigkeit, leicht bläulich. Sie schiebt mich zur Seite, holt einen Plastikkübel neben der Wanne hervor. Nimm das für die Blumen, sagt sie. Und leise, fast flüsternd: Ich wische jeden Morgen den Boden neben seinem Bett auf, es geht ihm öfter daneben, wenn er in der Nacht muss. Und das da im Wasser, das ist ein Desinfektionsmittel, darum ist es so blau. Ich muss seine Unterhosen zuerst in der Wanne auswaschen, bevor ich sie in die Waschmaschine geben kann, die Hosen und die Socken, alles muss ich hier auswaschen, wenn es wieder mal in die Hose geht. Jetzt passiert es schon fast täglich, dass er es nicht mehr bis zur Toilette schafft. Du siehst ja, er ist schon so wackelig. Aber er ist so stur. Lässt sich nichts sagen. Hört nicht zu. An mich denkt er dabei nicht. Dass ich die Arbeit habe.

Aber er schämt sich so. Und ich beruhige ihn. Ich sage dann, schau, nimm doch die Windelhose. Ich leg sie ihm jeden Morgen neben das Bett. Aber er ignoriert sie. Das ist auch Teil des Alt-Seins, dieser Eigensinn. Ich habe mich damit abgefunden. Und dann – so schlimm ist das ja auch nicht. Schau, sag ich zu ihm, ich hab mein Leben lang Kindern und Enkelkindern den Popo gewaschen, warum nicht auch dir!

Sie kann den Ton von Müdigkeit nicht mehr unterdrücken. Aber schon sagt sie, wieder laut und fest: Ich werde jetzt ein Zimmerklo bestellen. Das kann man dann neben das Bett stellen.

Im Badezimmer ordne ich später die Blumen; tatsächlich, sie haben sich erholt, die Margeriten sind frisch wie zuvor. Ich zupfe die unteren Blätter von den Stielen, kürze sie, wässere sie im Becken ein. Ich habe gut ein Dutzend verschiedener Wiesenblumen gepflückt: Margeriten, Salbei, Buschklee, Wicke, Mohn und Kornblume, und etliche, deren Namen ich nicht kenne, Ackerblumen, Unkraut, es wächst auf Bahndämmen oder Schotterbänken neben Schnellstraßen, hinter Parkplätzen von Einkaufszentren, an Zäunen und Baustellenplanken, an einer aufgelassenen Tankstelle sprießt es aus den geborsteten Betonplatten mit den Ölflecken, hinter der Bushaltestelle: Wie heißt diese große verzweigte Pflanze mit den blasslila Dolden, wie diese mit den kleinen hellgelben Blüten, wie diese mit den fetten rosa Mäulchen?

Die hellblauen da, das sind Wegwarten. Und die gelbe, das ist eine Goldrute, sagt meine Mutter. Die üppigen rosa Stiele sind ein Blutweiderich. Und die mit den vielen blassblauen Blüten, nein, das ist kein Salbei, die nennt man Natternkopf; wenn du in die Blüte reinschaust, siehst du so eine ähnliche Zeichnung, wie ein Zungenschlag. Die mit den zierlichen rosa Häubchen, das sind Esparsetten, eine Art von Schmetterlingsblütlern. Die rosa Köpfchen, das kennst du, das ist ganz normaler Wiesenklee. Das Gelbe ist auch eine Kleeart, Hornklee, glaube ich, er ähnelt ein bisschen dem Ginster. Und diese kleinen tiefblauen Wimpern, das sind Luzerne!

Luzern?, fragt mein Vater aus dem Nebenzimmer. Redet ihr von meinem Bild?

Meine Mutter kommt mit einem botanischen Bestimmungsbuch aus ihrer Bibliothek und wir vergleichen: Wiesen und Wundklee, Hornklee, Geißklee, Heidewicke, Hufeisenklee, Storchschnabel, Leimkraut, Stein-, Nacht- und Heidenelke, Rauke und Goldlack, Sternmiere und Johanniskraut, Witwenblume, Wicke und Platterbse, Wiesensalbei und Helmkraut, ich denke an den Raum mit den Stillleben der Niederländer im zweiten Stock des Fitzwilliam-Museums, die dunklen, getäfelten Stiegenaufgänge, Türstöcke und Paneele, und dann die wunderbaren, leuchtenden Tulpen und Vasen vor dunklem Hintergrund, und die gemalten Blüten in ihrer Üppigkeit, in Farbenpracht und Tod, die leeren Muschel- und Schneckengehäuse, im Vordergrund die Kiesel, die abgefallenen Blütenblätter, ein Käfer, eine Biene, *natura naturans*, als hätte dieser Raum Bilder gesammelt, ein Zimmer vom Blühen und vom Verfall.

Mai und Juni, das ist die schönste Zeit, nickt meine Mutter, während ich die Blumen auseinanderzupfe: Zuerst mit zwei Händen die Blumenstiele umfassen, dann gleichzeitig loslassen, sodass der üppige, dichte Strauß sich ausbreitet, auseinanderfällt, die Blätter und Stiele sich voneinander lösen, dass es frei durcheinandergeht, sich lockert und streut, so wie es fällt im

Schnitt. Ein Stück Wiese, so viele Linien, so viele Farbtupfen, duftig und frühsommerlich, die Halme zäh und spröde oder steif und verholzt, sodass sie knicken, manche biegen sich, bleiben geschmeidig, dazu die vielen unterschiedlichen Grün in den Blattsorten, Sumpfgrün und Lichtgrün, Lindgrün und Grasgrün, Schiefer und Topas, moosfarben, Klee und Farn, zierlich filigran, durchbrochen durchwirkt, satt und hell, leuchtend, pastos.

Und das sind nur die Blätter und Halme, die dunklen Flecken, Tannengrün, Blaugrün, Türkis, Zartgrün, Oliv, namenloses Grün und wortloses Grün, Grünbunt, Buntgrün; wie soll man erst die Blüten nennen, in welchen Tönen von Licht, in welchen Spektralfarben? Die Fröhlichkeit der Margeriten, ihr strahlendes Weiß, das Hummelbraun und die goldenen Staubgefäße, das kosmisch dunkle Blau vom Salbei, der rosa Buschklee mit seinen kleinen Schmetterlingsblüten, die blauen Lobelien, verspielt die Ackerwicke, rankend geziert die blasslila Witwenblume schon seltener dazwischen.

Ich arrangiere den üppigen Strauß in dem Krug, den meine Mutter mir hinstellt. Auf den Küchenkästen hat sie eine ganze Auswahl davon, irdene Krüge aus verschiedenen Regionen: bulgarisch, rumänisch, ungarisch, böhmisch, holländisch, toskanisch, provenzalisch.

So ein schöner Strauß! Und alle diese Blumen wachsen von allein da draußen, wo wir so oft gewesen sind! Sieh dir das an, sagt sie zu meinem Vater, als sie den Krug mit dem Blumenstrauß auf den golden glänzenden Fichtenholzschrank stellt. So schön, die ganze Wiese!

Mehr zur Seite, brummt mein Vater von der Fensterbank.

Ich schiebe den Blumenstrauß mit dem Krug in beiden Händen ein Stück weiter: Ist es so recht?

Noch weiter, deutet er.

Vor die Lautsprecherbox?, frage ich verwundert.

Noch weiter, sagt er.

Noch weiter? Ich verstehe nicht.

Er wiederholt seine Geste, deutet, insistiert.

Aber hier ist doch kein Platz mehr, deute ich. Hier ist der Schrank zu Ende!

Noch weiter, beharrt er nüchtern.

Wo soll ich ihn da hinstellen!

Weg, sagt er.

Er will nicht, dass ihm der Blumenstrauß die Sicht auf seine Bilder verstellt, erklärt mir meine Mutter.

Mein Vater zuckt die Achseln und dreht sich um, wieder verstummt. Sein Gesicht ist grau und aschfahl. Mit einer Hand greift er unter sein Knie und versucht, den Fuß umzubetten. Er schaut dabei zur Decke, die Kiefer mahlen langsam. Er umklammert die Tischkante, zieht sich daran hoch, beugt sich vor, richtet sich wieder auf. Als er sitzt, stützt er sich mit den Ellbogen auf der Tischplatte ab. Langsam greift er in seinen Mund und nimmt das Gebiss heraus. Betrachtet es abwesend, dreht es in seinen Händen. Er blickt suchend auf den Tisch, greift in seine Hosentasche, zieht ein schmutziges Stofftaschentuch heraus, wischt etwas vom rosa Plastik, kratzt mit dem Fingernagel an einem der Metallbügel herum. Nach einer Weile hebt er das Gebiss mit beiden Händen langsam hoch, führt es vor den Mund, die Lippen lösen sich voneinander, er öffnet halb den Mund, atmet leicht, setzt die Bügel wieder ein, drückt das Gebiss mit den Daumen nach oben in den Gaumen, schließt den Mund und lässt sich langsam wieder umsinken auf sein Lager auf der Bank.

Turner hat auch immer nur seine eigenen Bilder aufgehängt, sage ich. Er hat sich zu Hause eine Galerie gemacht, nur mit eigenen Bildern! Wie du! Die Wände zugedeckt. Da, schau, sage ich. Ich rolle ein Blatt auf, streife es glatt und schiebe ihm die Kopie hinüber über den Tisch.

Woher hast du das, fragt er verwirrt.

Computerausdruck, sage ich.

Aber woher? Ist das eine Fotografie?

Ja, ich hab die Zeichnung im Museum für dich fotografiert.

Durftest du das?

Nein; aber ich hab eine kleine Kamera. Und ich hab geschaut, wo die Überwachungskameras sind. Und hab mich dann mit dem Rücken dagegen hingestellt. Und dann so, die Kamera an der Brust, einfach aus dem Handgelenk –

Ohne Blitz?

Ja. Darum ist das Foto leider auch etwas dunkel und unscharf.

Blitz, sagt er, wieder verwirrt, schadet den Farben?

Schon, aber hier gibt es keine Farben. Sieh dir das an, weise ich auf die Kopie. Ist das nicht toll? Nur mit Bleistift. Wie deine Segelschiffe!

Welche Segelschiffe, sagt er verwirrt.

Die Segelschiffe im Hafen von Grado, sage ich verblüfft, deine tollen Segelschiffe!

Kathi, ruft er, ein Segelschiff!

Genau wie deine, sage ich. Dieselben Masten, Spanten, Riffs und Takelage! Ihr habt beide diesen Blick. Das ist einfach da. Nicht?

Er reagiert nicht, sitzt und starrt stumm vor sich hin.

Ich hebe das Blatt mit beiden Händen hoch, zeige es meiner Mutter, die aus der Küchentür herübersieht. Schön, ruft sie, wirklich! Obwohl sie auf die Entfernung nichts sieht; aber sie ruft es, sachlich und mit Überzeugung.

Seit ich Turner gesehen habe, sage ich, sehe ich erst, wie gut deine Sachen sind!

Danke, sagt er, jetzt wieder ganz schlicht, das ist doch etwas zu viel Ehre, mich mit Turner zu vergleichen.

Du kannst das. Du hast auch diesen Blick, sage ich. Dieselben Details. Und du hast von Anfang an diesen Stil.

Er schaut auf und wirft mir einen seltsamen Blick zu. Ein scharfer, regloser Blick. Fast blind auf einem Auge, das andere geschwächt, fixiert er mich, bedrohlich, böse fast, dann schüttelt er langsam den Kopf: Was für ein Unsinn, mich mit Turner zu vergleichen.

Er schweigt. Ich wollte nie etwas mit meinem Zeichnen.

Ich sehe ihn liegen im fülligen Licht in einer weiten weißen Unterhose und im Pyjamahemd auf seinem Lieblingsplatz am Fenster, ein Bein legt er nun langsam wieder auf den Tisch, stumm vor Schmerzen. Ich bring dir noch ein Pulver; ein zweites Pulver darfst du, sagt meine Mutter bestimmt.

Er liegt dort in seiner Unterhose, in der Hitze am Nachmittag ist das Fenster geschlossen und die Jalousie herabgelassen. Sein rechter Fuß ist dick und prall geschwollen. Wasser, sagt er müde. Die Medizin ist Dreck.

Er ist eine Weile still. Liegt da mit geschlossenen Augen, den Mund leicht geöffnet, lautloser Atem. Ich blättere in einer Zeitung. Es ist still im Zimmer. Das Nachmittagslicht liegt golden sämig auf den Bildern.

Und dann höre ich seine Stimme, ganz plötzlich, dezidiert: Mein Zeichnen war immer ein Versuch zu verstehen. Für mich sind es persönliche Erinnerungen. Darum habe ich sie auch nie verkauft. Mehr wollte ich nie damit.

Damit ist die Sache für ihn abgeschlossen. Er greift wieder nach dem Bein, lagert es um, schiebt es ein Stück weiter auf den Tisch. Über dem Knie ist das Bein dünn, die Muskulatur der einstmals so kräftigen Schenkel ist fast verschwunden, schlaff hängt ein Strang unter der Haut am Oberschenkel, das

Fleisch ist weg, die Knie dagegen sind dick und weißlich, unförmig angeschwollen, die Unterschenkel haben braune Flecken, aufgedunsen und schwammig weiß der Fuß, gelbliche Krallen die Nägel.

Mein Vater, der hundert Kilometer marschiert ist durch die Nacht.

Ausmisten

ch drehe meinen Vater zur Seite, leise, sein mühevolles Atmen und die Knochen schwer, ich stütze ihn, kannst du so liegen, ist es so besser?

In einer Aufwallung, am Nachmittag, plötzlich, ruft er, oder möchte er rufen, heiser, mit belegter Stimme, in ohnmächtiger Wut: Ein Trottel! Dieser Arzt. Was! Was, bitte, ist besser geworden! Was? Seit ich bei ihm in Behandlung bin? Nichts wird besser! Ein Trottel! Stotternd krächzt er, zittert vor Wut. Was ist denn besser geworden! Schau mich an!

Die Schmerzen treiben ihn in die Verzweiflung, erschöpft sinkt er um, er legt die Hände aneinander, legt die Stirn dagegen, lehnt sich über den Tisch, als würde er beten. Aber schon sucht er wieder nach Worten, wie erstickt, kann den Ärger nicht mehr in Worte fassen, die ihm zu langsam oder gar nicht in Erinnerung kommen. Von Gesten bleiben müde Zuckungen, von Sätzen ein Stammeln, von der Erregung nur noch diese Not, die er erlebt als Schande, Schmach: Ich kann mir nicht mehr helfen. Und keiner sonst ist dazu fähig. Niemand kann mir noch helfen.

Aber dann – er hat geschlafen, schläft fast nur noch –, wieder erwacht, streckt er den Arm aus, blinzelt mit kleinen Augen, der weiße, wirre Schopf aus dünnem Haar, Berg-Anemonen haben solche Fruchtstände, Alpenwindröschen oder Teufelsbart, gezwirbelt und wirbelig, grausilbrig und fein, streckt den Arm aus und macht eine Suchbewegung, und ich verstehe, unsere Hände berühren sich, ich umfasse seinen Unterarm, helfe ihm, sich aufzurichten, ziehe ihn aus dem Liegen auf der Fensterbank hoch, bis er ins aufrechte Sitzen kommt. Gleich sinkt er vor, verschränkt die Arme auf dem Tisch, legt den Kopf seitlich mit der Schläfe darauf, streichelt nur ein Mal über meinen Arm, sagt sachlich: Danke. Er lächelt, blickt aus dem Liegen auf.

Er ist so froh, sagt meine Mutter, er ist jetzt vier Tage jeden Tag am Klo gewesen. Schau, sage ich, wenn du groß warst, musst du keine Windel nehmen. Er hasst Windeln. Ich habe jetzt noch zwei Stangen montieren lassen, hast du gesehen? Ich habe eine Nachbarin gefragt, die das beruflich macht, sie geht jeden Morgen zu drei alten Damen und mittags wieder, betreut sie, wickelt sie jeden Morgen, und sie sagt: Nicht hochheben, das ist viel zu anstrengend, nur auf die Seite drehen und dann mit einem warmen feuchten Tuch.

Ich hab das so oft bei den Kindern gemacht. Mich stört das nicht. Was soll daran schlecht sein, was durch den Körper geht. Ich bin so froh, wenn er gut isst. Ich versuche ihm gut zu kochen, sodass er es gerne isst. Er nimmt jetzt nicht mehr ab, das ist gut. Essen wir noch ein Eis, das hat er immer gern. Und eingebrannte Suppen. Dick und cremig. Er kleckert halt herum. Das schöne Tischtuch. Schau, schieb dir doch den Teller hin, sag ich ihm. Warum machst du es nicht gleich? Nicht erst, nachdem du mein schönes Tischtuch angekleckert hast! Aber man kann einen Menschen nicht ändern. Im Alter schon gar nicht. Und in dem Punkt war er nie anders: Auf meine Tischtücher geachtet hat er nie.

Wir bereiten das Bett im Fernsehzimmer. Schieben den Tisch vorm Fenster zur Seite, räumen die Laden darunter auf, den Schrank, sagt meine Mutter, dürfen wir, ich habe ihn gefragt. Ich werfe nichts weg, ohne ihn zu fragen, sagt sie.

Aber der Schraubstock! Der hat zwölf Kilo! Und ist völlig ausgeleiert! Willst du den noch behalten?

Den ja.

Ich spüre ihre alte Furcht, auch wenn er es nicht mehr versteht. Aber dann fragt er: Wo hast du das wieder hingegeben! Und erinnert sich plötzlich. Braust auf. Und wehe, etwas fehlt, ist dann nicht da!

Er war immer ein Tyrann, sagt sie leise.

Wir werfen nur weg, woran er sich nicht mehr erinnert: vertrocknete Kleber, harte Kartonstücke und Säckchen mit grün gefärbtem Streumaterial für die Wiesen, Säckchen mit Eislutscherhölzchen, die er für Schindeldächer gesammelt hat, kurze Aststücke von Obstbäumen mit dünner brauner Rinde, die er für Modelle von Blockhäusern, für Bänke oder Gartenzäune verwendet. Dicke Schichten aus Staub wische ich von Loks und Waggons, teure Plastikmodelle mit schwarzem Fahrgestell und silbrigen Rädern, stelle sie vorsichtig in Regale, die er vom Bett im Blick hat. Ich entsorge Kartons und Schachteln mit Metallplättchen, öffne Dosen, schnuppere den Geruch der Lötpaste, biege den Bleidraht in ungelenke Rollen, finde Kuverts aus Zellophan mit brüchigen Gummiringen, gehe durch Laden mit Bastelmaterial, sammle mit Lack und Schleifkitt verklebte Schraubenzieher, Zwingen mit kaputten Gewinden, stumpfe, schartige Zangen, rostige Messer mit verbogenen und gebrochenen Klingen, ein Dutzend stumpfer und rostiger Raspeln und Feilen, die Holzgriffe sind abgefallen oder gesprungen, manche mit Draht umwickelt, alle Arten von Sägen, verbogene Fuchsschwänze und stumpfe Meißel, Hämmer, denen die Köpfe abfallen, manche Stiele sind gesplittert, andere schwarz von einer Patina aus Schweiß, Schmutz und Fett.

Körper und Körperflüssigkeit. Alles kommt aus dir, wie kann es schlecht sein. Auch das ist Nähe, wir sind gezwungen zu Berührung, zu Abhängigkeit, zu Demut und Unterwerfung: Du brauchst mich jetzt, und ich kann dir geben, was du nie annehmen konntest, Wärme, Nähe, Zärtlichkeit.

Meine Liebe zu Tyrannen.

Ich sammle die noch brauchbaren Dinge in Kisten: Hämmer und Spachteln, Raspeln, Hobel und Handbohrer, Zimmermannsblei, Beschläge, Scharniere, Schublehre und Winkeleisen. Dieses ganze alte Zeug! Was soll einer damit anfangen, seufzt meine Mutter. Was man noch verwenden kann, also alles, was dir noch irgendwie brauchbar scheint, geben wir in den Keller, sagt sie, und wir stöbern durch die Kisten, was ist das? Wozu ist das gut? Kann man das noch brauchen? Ich sortiere: Fuchsschwanz und Eisensäge, Dreikant- und Rundfeilen, Drillbohrer, Schraubenzieher, Imbus- und Steckschlüssel, Kreuzkopf- und Schlitzschrauber, Zangen und Lötzeug, Ich schleppe die Kisten die Treppen hinab, meine Mutter geht voran, öffnet die Türen, wir gehen durch die engen Ziegelgänge zu ihrem Abteil, sie schließt auf, leuchtet in den dunklen Schacht, stell es einfach da hin, schau, wo Platz ist. Was ist das, da ganz hinten, frage ich, und sie leuchtet und sagt: Zwei Fahrräder. Dein Kindheitsrad und sein altes!

Und diesen Ladenkasten mit den zerbrochenen Leisten, soll ich den nicht in der Mülltonne versenken? – Nein, lass ihn noch da. – Und diese Eisenklötze hier? Wozu dienen die? – Ich weiß nicht. Aber wenn man sie noch brauchen kann ... Der Sammelcontainer für Metall ist bei der Kirche. Dort kannst du alles hineinwerfen.

Ich ziehe den schweren Eichenholztisch weg vom Fenster, wie hell es auf einmal dort wird, der freie Raum, der entsteht neben dem Bett. Licht, der Flieder, den ich gedüngt habe und geschnitten vor einem Jahr, heuer hat er wieder geblüht, die üppigen Dolden duften in warmen Nächten durch das offene

Fenster. Einmal hat eine Amsel ein Nest im Fenstergärtchen gebaut und drei Eier hineingelegt, meine Eltern haben alles fotografiert, sich ganz vorsichtig bewegt hinter dem Fenster, sich hingebeugt über den Tisch, der jetzt nicht mehr dasteht, und genau zugesehen: wie sie das Nest macht, wie sie brütet. Und sie haben sich gefreut, und gehofft, dass sie die Amselmutter nicht stören. Haben das Fenster nicht mehr geöffnet, drei Wochen lang, dann waren die Eier ausgebrütet, die Jungen geschlüpft, und noch ein paar Wochen, dann waren sie flügge, entflogen, und auch die Mutter kehrte nie mehr zurück ins Nest.

Im Blumenkistchen unter dem Vogelhaus steckt eine Palisade aus Essstäbchen. Das ganze Blumenkistchen ist mit japanischen Essstäbchen gespickt, die hellen Hölzer ragen aus dem dünnen grünen Schnittlauch hervor. Meine Mutter lacht: Das ist zur Eichkätzchen-Abwehr! – Und? Wirkt es?, frage ich. Jetzt war es zum ersten Mal wieder da, lacht sie. Seit ich die Stäbchen hineingesteckt habe vor einer Woche! Sie öffnet das Fenster und legt Erdnüsse hinaus. Warum Erdnüsse in der Schale? Warum nicht Walnüsse? – Da hat es was zu arbeiten, beharrt meine Mutter. – Woher sollen Eichhörnchen Erdnüsse kennen! Die wachsen doch im Boden und müssen geröstet werden! – Es holt sie trotzdem, beharrt sie, vergnügt und eigensinnig.

Ich arbeite mich durch die Schachteln und Kisten in den Regalen, mustere aus. Die Sammlung von kaputten Fahrradklingeln hebe ich auf, die Schachteln mit Transistoren, mit Glühlämpchen, Platten aus Bakelit, die Schachteln mit zerbröseltem Schleifpapier, Drahtstiften und Pappe, Dutzenden Föhrenzapfen, grün lackiert, auf braunen Hölzern in grün lackierte Fußplatten eingesetzt, ich habe sie im Regal zu einem kleinen Wald zusammengestellt, neben den Diesel-, Dampf-, Elektroloks für Schnellzug und Verschub, Personen-, Tank- und Viehwaggons, Semaphoren, dem roten Trafokasten, Drehscheibe und Verteilerkreis, Bahnwärterhäuschen, Bahnübergang mit Schranken. Die Gleise, die geraden und die gekurvten Schienen und die Weichen, haben wir in zwei alten Pappkoffern unter den Schrank geschoben, die Kiste voll dunkel oxidierter Schrauben und Muttern ebenso.

Ich schrubbe den Boden. Dort, wo wir den Tisch hervorgezogen haben und den Werkzeugkasten, ist der Boden dick verklebt von Spritzern in allen Farben und von Lacken. An der Wand und am Heizkörper sind dunkel klebrige Spuren, etwas ist da herabgeronnen, eingetrocknet, eine Flüssigkeit – Kaffee? Öl? Fett? Terpentin? Ich reibe mit Scheuermittel und sprühe Fettlöser, wische, schabe und kratze mit Spachtel und mit Messer auf Wand und Boden, der Heizkörper wird zwar langsam wieder weiß, doch wird jetzt auch erkennbar, wie schäbig alles geworden ist: der abgeschlagene Lack, von der Mauer hinter dem Heizkörper fällt der Putz, Dübel und Verankerungen sind ausgebrochen, es muss Jahrzehnte her sein, seit hier das letzte Mal ausgemalt worden ist. Ich schiebe den Tisch zurück an seinen Platz, damit man die gröbsten Schäden nicht sieht, nehme mir vor, ich will im Baumarkt einen Kübel Wandfarbe holen, die Wand ein bisschen weißen hier.

Harzberg

Er stützt sich an mir ab, ich führe ihn ins Fernsehzimmer, wir schaffen es zwei Meter, noch zwei, bei jedem Schritt knickt ihm das Bein nach innen ein, wir halten inne, pausieren kurz, damit er sich sammeln kann. Er atmet schwer, den Kopf auf seine Brust gesenkt, blickt oben über die Brille, studiert und plant seine nächste Bewegung, wartet, ob sich noch Kraft im Körper findet, aber da ist nichts mehr. Mit Mühe schleppt er sich trotzdem weiter, gibt nicht nach, Fuß vor Fuß zieht er, als wären es schwere Klumpen, die baumeln, pendeln, kaum noch zu kontrollieren. Ich stütze ihn, er hängt an mir mit eisernem Griff, mit seinem Willen festgekrallt.

Dann lässt er los, streckt beide Arme vor, stützt sich im Durchgang an den Türstock und gegen die Wand, greift nach der Türschnalle, stemmt sich ab, während die Tür schwingen will, schiebt er sich um die Kante. Ich springe hinter ihn und greife ihm unter die Arme, unter der Achsel durch um die Brust, langsam, geduldig stehen wir da, bewegen uns nicht weiter, die freien Schritte, die jetzt kommen, von Tür und Türstock über den Teppich bis zum Sessel hin, so ohne Stütze oder Wand, wir nun ein Balanceakt auf schwankendem Untergrund, auf einer federnden Planke, auf Brettern in der Luft. Angekommen, lässt er sich schwer in den Sessel sinken, dreht sich dabei langsam um die eigene Achse, lässt sich dann fallen, plumpst rückwärts in die Polsterung, lehnt den Stock sorgsam an die

Lehne, der ihm eigentlich nur im Weg war, mir öfter zwischen die Beine kam.

Er hebt den Kopf und sieht mich lächelnd an, streicht über meine Hand und hält sie fest, lässt seine Hand auf meiner liegen, leicht, luftig trocken zart, papieren leicht, umschließt die meine, ohne Druck. Ich halte still, bewege mich nicht, während er mit der anderen Hand nach der Fernbedienung tastet, sucht. Dann drückt er an den Knöpfen der Steuerung herum, planlos und wirr, der Apparat schaltet sich ein, springt an, wir warten, bis Ton und Sendersuche kommen, aus einem Punkt in der Mitte die Bilder springen, Figuren und Lichter zucken, er wählt vor und zurück durch die Kanäle, findet den regionalen Sender, der mit dem Wetterpanorama, der Aussicht auf Berge, im Süden vor der Stadt, mit dem Zug leicht zu erreichen, die Föhrenhügel und Wälder, an den sanften Hängen der früheren Brandungshügel. Das seichte Urmeer schwemmte hier an, bevor der Boden einbrach und sich senkte, und an der Bruchlinie Quellen austraten, das Meerwasser verschwand und die Brandungshügel zurückließ mit Muscheln und mit Schalen. Im Konglomerat der Hohlwege in den Weingärten finden sich noch heute Ammoniten und Haifischzähne in Schottergries und Sand.

Hier sind wir gewandert, als Kinder, hier ist er gegangen, bis seine Beine ihn nicht mehr trugen, in Bildern dieser Landschaft ist er aufgegangen, auf den hart getretenen Wegen über den Löß der Gärten hinauf zum Wald und weiter über weiche Nadelböden gestiegen über Wurzeln, kleine Felsen, Kalk, entzückt ruft er: Schau! Kathi, Kathi, komm! Schau doch! Was machst du! Wo bist du! Komm doch zu uns! Schau, was wir sehen! Vöslau, die Warte und der Turm! Der Harzberg!

Kathi! Wann fahren wir wieder auf den Harzberg! Wir waren schon so lange nicht mehr dort! Morgen fahren wir mit dem Bus nach Bad Vöslau, und dann gehen wir auf den Harzberg und zur Aussichtswarte. Warum sind wir eigentlich so lange nicht dort gewesen?

Und meine Mutter kommt aus der Küche, Teller und Geschirrtuch in der Hand, und sieht ihn an, prüfend: Aber Leo, das geht doch nicht, du kannst doch nicht gehen.

Sie sagt das leise und nachdrücklich, wie um ihm etwas in Erinnerung zu rufen, das er längst vergessen hat, und er sitzt dort und lächelt und deutet auf den Bildschirm, auf das Bild: Dort gehen wir hinauf! Wann waren wir dort? Wie lange sind wir nicht mehr dort gewesen? Und dann nickt er freudig, wippt ein wenig mit dem Oberkörper, kaum merklich löst sich seine Hand.

Colour Beginning

Kreideklippen wie Walfischzähne, die Barten zum Meer. Landrücken, die von den Gletschern der Eiszeit zugeschliffen wurden, die hier kalbten in die See.

Wir queren diese Wellen. Ein langsames Auf und Ab, ihr Rollen quer zur Dünung. Entlang der Küste steigen wir hinauf, die grünen Fußspuren im borstig kurzen ausgetrockneten Gras, wandern hinab in die Senken zwischen den Hügelrücken, Blicke weit ins Land von oben und hinaus aufs Meer dazwischen in den Buchten. Flussmündungen querend, wo bei Ebbe der mäandernde Fluss durch den sumpfigen Talboden langsam hinausströmt, jetzt aber, bei Flut, stürzt gurgelnd das Meerwasser stromaufwärts zwischen den Dämmen.

Mal gehen wir am Kieselstrand mit Blick auf die Kreideklippen, dann über ihnen auf den ruhigen, grasigen Höhen, wo ein paar Meter neben uns die Erdkruste abbröckelt und weit über hundert Meter in die Brandung fällt. My feet are itchy, sagt Julia, als wir an die Kante treten und hinausspähen über die Rücken auf Küste und Fluss, hinüber zum Signalhaus auf einer der Kuppen und hinunter zum weiß-roten Leuchtturm, tief unten am Klippenfuß.

Wir gehen auf Höhen und Weiden, wir gehen eine Graslinie entlang gegen das Blau und ein Schild sagt: Cliff Edge. Kein Zaun, kein Pflock, nur manchmal eine Tafel, dieser Hinweis. Und für die, die nicht lesen können? Im Nebel? Bei Nacht?

Niemand geht hier im Nebel bei Nacht, sagt Julia. Niemand, der es nicht weiß.

Wir wandern über die Höhenrücken, sehen die Bruchlinien, wo das Regenwasser in den Boden wäscht. Die Klippen erodieren. Dieses Leuchthaus wurde mit hydraulischen Pumpen um zwanzig Meter landeinwärts versetzt. Die Klippen brechen weg. Hier wurde der Küstenabbruch mit Betonguss befestigt. Aber eines Tages wird dieses Haus nicht mehr zu retten sein, das sich hinter die windzerzausten Büsche duckt, geborgen vor der Weite.

Wir gehen die vielen Kilometer der Küste, an der die Seven Sisters liegen: sieben weiße Kreideklippen, senkrecht gekappte Hügel, ein Anschnitt, vertikal. Wir überqueren sie langsam, legen uns ins Gras, schauen stumm, weil wir keine Namen haben für diese Dinge und Farben.

Schafweiden, weithin Hecken und niedrige Baum- und Strauchinseln. Tief unten Kiesstrände. Davor schwarze Riffe. Ein Leuchtturm vor der senkrechten Kreideklippe, rot-weiß im blauen Meer. Und darüber die grünen Schöpfe, eine feine Schicht erdbrauner Humus.

Wellen, Wind und Regen lösen die Kreide. Ich hebe ein kleines Stückchen auf, der Boden auf dieser trockenen Rasenkuppe ist voll davon, Bröckchen, weich wie Tafelkreide. Vor hundert Jahren reichten die Klippen hundert Meter weiter ins Meer. Das Wasser wäscht die Kreide weg, die Wucht der Brandung lässt sie zerfallen. Im Schutz der schwarzen Mole in einer kleinen Bucht unter dem Wandfuß ist das türkise Wasser milchig trüb unter der Kreidewand.

Am Horizont sehen wir die Meereslinie grau getönt. Später sehen wir eine hellere, handbreite Linie über dem Wasser. Ein blasses Grün in der Luft. Eine Luftzone, nur eine atmosphärische Spiegelung, aber ganz gleichmäßig über der Wasserlinie. Und dann sehe ich das Rosa, das ich nicht begreife. Aber es ist da: ein Rosa im Wasser und im Licht. Und das Schwarz da im Himmel, ein Lichtfleck, die Sichel, der Mond.

Alle die Farben erkenne ich, die ich bei Turner nicht verstand. Das Rosa und Gelb, die Nacht und das Weiß. Das bläuliche Mondlicht und das Rosa und Orange des Sonnenuntergangs. Diese Wucht in den Wolken und das Ocker. Das Sandgelb, wo kein Sand ist, und da ein paar Striche wie Asche in der Luft. Gelbe und rote Figurenumrisse auf der Erde, vor einem Blatt, das sich weiß auflöst. Und eine gezahnte Linie, die den Himmel oben satt begrenzt.

Intensive, gesättigte Tupfen in blassen, wässrigen Zonen. Ein wilder, blutroter Fleck neben einer blassblauen Spur: *Land's End, Cornwall.* Tiefschwarz, ein Teich, die See. Scharf abgegrenzt über einem gefächert gebauschten Graublau. Gepinselt, gekleckst, mit einem tiefen Wirbel, einer Wölbung und einer Rückenlinie, schwungvoll, Halde und Bucht.

Hang oder Klippe: Senfgelb, mustard. Hier Rosa im Vordergrund, und was sollen diese wächsernen Flecken sein? Ein flacher Sandton links, Anthrazit, blasses Grau rechts, Rosa von Weiß überstrahlt, das nur als Aussparung richtig erkennbar ist, von Pinselwischern umweht, in sie ein paar blaue Striche als Antwort gesetzt. Und rechts am Himmel wuchtiges Schwarzgrau, bedrohlich stürmisch. Und in der Mitte sandgelb eine kleine Burg, die Quader gefügt in Rosa oder hellem Grau über dunkel zerfurchten Klippen: *Castle on a Rocky Coast.*

Wir suchen Namen für Farben: Rosenquarz, Rubin, Esmerald, Rauchtopas. Aber das Blau der Nacht in diesem Bild? Hier sind keine Töne abgemischt, hier löst sich alles auf in weißer Gouache, die sich ins Blau, Braun und Rußschwarz fügt: *Moonlight over the Sea at Brighton.* Seidegrau, Seideblau, Seidefarben.

Seit ich Turners Bilder gesehen habe, sehe ich eine andere Wirklichkeit. Plötzlich entdecke ich Farben, die vorher nicht zu sehen waren. Ich erkenne zauberhafte und unglaubliche Tönungen. Ist das die Wirklichkeit? So sehen wir die Welt? Befremdet stehe ich da und sehe hinaus, im Einschnitt zwischen den Klippen. Klein sieht man auf den gegenüberliegenden Klippen Figuren auf- und niedersteigen auf den Graswegen, die sich bleich hinziehen im Fahlblond der Wiesen, gesprenkelt mit Flecken aus Grün.

Oder welche Farbe ist das? Tupfen von Gelb, blühende Hecken dort, aber in der Ferne die Höhenrücken über den weißen Cliff-Zähnen haben einen Ton von Erde und Lehm vor dem blauen Grund. Grün nur in der Nähe, und darüber hin ein Hauch von Malven und der Staub von Getreide, und viel Rosa im Stein, dem Kieselstrand zwischen Weiß und Blaugrau. Dann auch Rosa im Gras, wo schmutzigweiß die Flecken der Schafe sich streuen auf den ruppigen Weiden, ein Lamm springt mit pechschwarzem Kopf und pechschwarzen Beinen, am Rücken rosa und blaue Flecken, Leuchtfarbe aus der Spraydose zur Markierung.

Kräftiges, leuchtendes Grün sind die Seealgen, der Tang, der sich hier gesammelt hat, so grün, wie man sich sonst nur Gras denkt, aber das Gras oben auf den Kalkklippen ist grün nur aus der Ferne gegen das Kreideweiß, hat sonst eher den Ton von vertrockneten Blumen. Üppig dagegen die Hortensien am alten Leuchtturm von Burling Gap, und tief unten der Kiesstrand, milchig überspült vor dem blauschwarzen Schlick.

Die Wegspur, die wegbrechenden Klippenteile, das Gras verdorrt. Wann stirbt es ab? Vertrocknetes Wurzelgeflecht, von Wind und Regen freigelegt, Löcher vom Ziesel, und in den senkrechten Klippen nisten Möwen, hacken sie mit ihren Schnäbeln die Nischen für die Nester aus?

Grünschattierungen in den Busch- und Baumhecken, und weit draußen drei Segel auf der See; schimmernd gespiegelt im heute ruhig daliegenden Meer, gekräuselt nur ein wenig die Oberfläche, wie zitternd gehämmert. Eine Delle im Firmament, gesprenkelt, und winzig darunter, in der Farbe von Wasser und Himmel, nur etwas dunkler konkret, eine Bohrinsel.

Schwarze Silhouetten die senkrechten Pflöcke, die ins Wasser führen, am Ufer das Wasser schaumig und schmutzig gerührt in Rosa und Braun vom Grund her getönt, erst weiter draußen, wenn der Einfallwinkel sich verflacht, ein Blau, das den Himmel zu spiegeln scheint. Am Horizont ein grauer Streifen, eine schmale Linie, wo Himmel und Wasser zusammenstoßen, liegt der Himmel heller auf, dunkel in seinem Gewölbe.

Kein Mensch kann dieser Horizontlinie widerstehen, sie zieht dich hinaus, sie hat einen Sog, will erkundet sein. Dass es den Menschen nie hielt am Land, und die Erfindung, die Welt sei eine Scheibe, war wohl eher als Warnung gedacht vor dem Verlorengehen in der Weite ihrer Meere? Also muss es die Unruhe schon vorher gegeben haben: Da draußen ist noch etwas, da draußen muss es noch viel mehr geben, etwas ganz anderes, eine andere Welt.

Die Holzpfosten der Mole sind schwarz von Austern besetzt, Miesmuscheln oder Seepocken, barnacles. Aus dem Sand und Schotter am Strand treten Quellen aus, bilden sich Rinnsale, es sprudelt aus dem vollgesogenen Untergrund durch Schlamm und Kies. Wir überlegen, rund um den Fuß der Klippe zu gehen, auf zerfurchtem, schwarzem Fels, aber wir wissen nicht, wann die Flut zurückkommt, wie lange wir brauchen, um diese Felsen zu überklettern, und ob wir dahinter in eine Bucht gelangen mit sicherem Grund.

Abbröselnd das Land, die Erde schwarz, und das Meer dort draußen tintegetränkt. *Colour Beginning* nannte Turner seine späten, nie gezeigten Studien, in denen er nur noch Farben setzte, von allen Dingen gelöst, Grün wie von Minze, oder verriebener Farn, in ausgewaschenem Blauviolett. Als habe er im letzten Abendlicht Beeren auf dem Papier zerdrückt, Wein ausgekleckert, Tabak schaumig gerührt, mit dem Pinselstiel oder einer scharfen Kante aus Metall weiche Linien ins wattige Papier graviert.

Auf dem Meer draußen ein Licht. Gelbes Dochtlicht im langsam verdunkelnden Rot und Violett. Wie ins Papier geritzt die Vögel des Abendhimmels, der in sich gewölbt ruht. Durchzuckt von der Schwärze der Flugschreiber: bats. Ein paar letzte Möwen, die uns heute früh so heiser geweckt haben mit ihren krächzenden Schreien, fliegen jetzt, lautlos in der Dunkelheit, mit langsamen Schlägen vom Meer her über den Dächern ins Land hinein.

Er hat nicht gerne draußen gemalt, sagt Julia, nur Skizzen gemacht, die Segel zum Beispiel vor der Küste, die Wölbung der Segel, und das alles gemalt aus dem Gedächtnis, vor Ort war es nicht möglich, zu viel Bewegung der Boote. Er hat sich Daten notiert, Namen und Farben der Boote, ihre Besitzer, Lichtempfindungen und Eindrücke, Skizzen zur Hilfe, um dann abzurufen die Stimmung, das Gefühl, die Impression.

Die Regatta, als Wettbewerb damals gerade aufgekommen, und wie die Segel sich da blähen, die Kraft des Windes und der Wellen, die Lust an der Wildheit und der Wind- und Wettergewalt. Aber gezähmt auch diese, oder gebändigt, benützt, um sich davontreiben zu lassen, und die Segel draußen aufgelöst im Weiß, wie ein Nebel, Farbflächen, kaum noch definiert. Er malte aus dem Gedächtnis, zu Hause, im Studio, oder in den Zimmern, die ihm der Earl in Petworth zur Verfügung stellte oder John Nash auf der Isle of Wight.

Skying, nannte er es, himmeln, ich gehe himmeln, wenn er sich aufmachte zu seinen Himmelsstudien: Wolkenformationen, und ich sehe das Brillieren der Lerchen, *The Lark Ascend-*

ing, strahlendes, breit ausholendes Schwingen, weit und friedlich und sanft wie am Ende eines lieblichen Films. *Studies of Skies*, Himmelsstudien in Kinderblau, Lichtblau, Orange über grauer Erde, oder ist hier Himmel gemeint, eine Spur von Blau und Rot ineinander, zerkritzelt, verschwommen?

Gerippt das Meer in der einsinkenden Dunkelheit. Laviert, mit Wachs Flächen ausgespart, mit Tinte verwischt, mit Fingerkuppen, Körpermalerei, als hätte der Pinsel gestikuliert, tachistische Würfe, Bildsprache, Sprache, aufgehoben im Bild.

Es lässt sich nicht anders sagen als so, wie es uns erscheint. Es lässt sich nicht anders erzählen als so, wie es ist: im Bild, als Bild.

Martello

Die Martello-Türme: Zylindrisch bunkerförmig, von einem tiefen kreisrunden Graben umgeben, gar nicht groß, aber mit festen glatten Mauern, Geschütz- und Aussichtspositionen, Schutz und Verteidigung gegen die befürchtete Invasion durch Napoleons Truppen.

Viele wurden weggewaschen: unterspült, sind geborsten und zerbrochen. Der in Rye steht jetzt eine Meile landeinwärts, nachdem der Hafen und die Küste versandet sind. Einige wurden von der Armee zerstört, die sie als Ziele und zum Testen der Durchschlagskraft ihrer Geschütze verwendet hat.

Manche werden als Wohnhäuser genützt. Andere als Kneipen, Spielhallen oder Galerien. In dem von Eastbourn betrieb einmal jemand ein geologisches Museum und verkaufte geschliffene Kiesel vom Strand. Dann wurde daraus ein Puppenmuseum. Jetzt steht er wieder leer in seinem gemauerten Grabenrund, der höchste Punkt am Strand.

Oder als trigonometrische Punkte. Zur Zeit Turners benützte sie auch die Küstenwache, hielt Ausschau nach Schmugglern von ihnen. Errichtet wurden vierundsiebzig, alle befinden sich an strategischen Punkten an der Küste hier gegenüber dem Kontinent. Der in Seaford war der Erste. Er sieht aus wie ein umgekippter Sandkuchen.

Einstiegsluken im ersten Stock, ganz unten Wasservorrat, Munitionsdepot und Pulver. Darüber die Mannschaftsräume.

Fünfzehn bis zwanzig Leute fanden Platz, zwei Offiziere, am Dach eine Kanone. Die reichte weit hinaus, mit einem Radius von 360 Grad.

Manche wurden als Signalstationen verwendet. 1940 wurden einige wieder zu Beobachtungs- und Abwehrzwecken eingesetzt gegen die deutschen Bomber und Kampfflieger. Im Martello von Redoubt befindet sich ein Martello-Museum.

Turner malte um 1826 den Hafen von Aldborough, Suffolk. Mächtig, schwarz dominant, rund und glatt wie ein Bunker rechts im Bild der Martello-Turm. Sieht aus wie Erster Weltkrieg, ist aber frühes 19. Jahrhundert. Lang vor der Zeit des Stahlbetons. Aus Ziegeln und Steinen gemauert, glatt verputzt, die Kanone sichtbar. Der schwarze Koloss, wie genietet aus Metall, zur Abschwächung von zwei kleinen Segelbooten verdeckt, deren Flügel insektenhaft goldfarben schimmern. Im Hintergrund die Mole und darüber, im dunstigen Morgenlicht bläulich-weiß die Silhouette einer Hafenstadt und eine Windmühle, von schaukelnden Schiffsmasten leicht verdeckt.

Hinter dem schwarzen Turm kommt die Sonne herauf, an seiner Oberkante, rechts neben dem Geschütz, bricht ein Lichtstrahl heraus und zieht eine senkrechte Linie, unten zwischen den Fischerbooten im gelbbraun spiegelnden Meer. Wo das Licht hervorbricht, hat Turner, um den Effekt der weißen Blendung zu erzielen, das Aquarellpapier aufgerissen, wie eine Wunde, eine Nacktheit, eine bloße Sichtbarkeit: Hier bin ich. Jetzt.

Traum von der Wiese

Mein Vater liegt da, wie ein verwelktes Blatt, auf die Bank hingesunken, ein Bein, den geschwollenen Fuß im dicken Socken, angewinkelt über den Tisch. Er spricht nicht, meine Mutter nimmt mich am Arm, bedeutet mir, mit ihr zu kommen, in der Küche blickt sie nochmals über die Schulter zurück, dann zieht sie sorgfältig die Tür hinter sich zu und dreht sich um.

Wir waren wieder bei Doktor Fratellni, sagt sie, letzte Woche, wegen der Schwellung im Fuß. Das Blutbild ist so weit in Ordnung, woher die Schwellung im Fuß kommt, dafür gibt es keine richtige Erklärung. Aber als ich kurz allein mit Doktor Fratellni im Zimmer war, hat er zu mir gesagt: Es ist das Alter. Er kann nichts mehr für ihn tun. Sie müssen sich darauf einstellen. Es kann jetzt jederzeit passieren. Die eine Herzklappe schließt nicht mehr.

Ich gehe zurück, setze mich zu ihm, blättere ein wenig in der Zeitung, wir essen, er nickt wieder ein.

Ich bleibe bei ihm, sitze am Tisch, sehe hinaus, er öffnete die Augen und sagt, sein Blick zu mir: Ich habe geträumt. Wir – du und ich – waren auf der Donauwiese. Aber, sagt er langsam, als ob er nachdenke: Die Donauwiese war nicht da. Da war – die Neue Donau. Das Entlastungsgerinne. Und wir haben überall geschaut – gesucht –

Ich weiß nicht, sagt er, als ich am Abend heimgehen will und mich von ihm verabschiede, ich habe eine Krankheit; weißt du, wie man die nennt?

Ich nicke und umarme ihn. Er küsst mich mit seinen feuchten Lippen auf den Mund.

Ich glaube: das Alter, sagt er und lächelt.

Inhalt